LES OISEAUX SE MOQUENT BIEN DU PARADIS

DE LA MÊME AUTRICE
CHEZ LE MÊME ÉDITEUR

Quand les hasards sont des rendez-vous, 2021.

Toutes les histoires commencent par une petite faim, 2022.

Après nos rêves, enfin le jour, 2023.

MAGALI DISCOURS

LES OISEAUX SE MOQUENT BIEN DU PARADIS

roman

l'Archipel

Collection « Instants suspendus »
dirigée par Virginie Fuertes

Retrouvez Magali Discours sur :
www.instagram.com/magaliouchka
magalidiscours.auteur@gmail.com

Retrouvez la collection sur Instagram :
@instants_suspendus_larchipel

Notre catalogue est consultable à l'adresse suivante :
www.editionsarchipel.com
Éditions de l'Archipel

92, avenue de France
75013 Paris

ISBN 978-2-8098-5014-7

« … J'ai confiance, je crois beaucoup en vous, l'époque est ce qu'elle est, mais je sens qu'on mange moins de salade en sachet et qu'on ferme toujours autant les yeux pour s'embrasser. Ne vous refusez aucune passion, montez sur le porte-bagages de ce vélo déraisonnable, faites des siestes et des grimaces, reprenez un verre, ça ne changera rien. Pour les plus célestes, l'avenir sera radieux, il n'y a jamais un ciel qui ne vaut pas la peine d'être regardé. Parfois, on y devine son reflet, parfois une tête de chien, le passé, le lendemain. Continuez de rencontrer et de découvrir le monde ou vos failles. Mais n'espérez rien de la distance ; vous n'aimerez pas plus fort aux Maldives qu'en baie de Somme. Cherchez là où l'on ne regarde jamais, le second plan est un coffre-fort… »

Un oiseau rare*

* Il s'agit de quelques paroles en l'air, offertes sur un coin de comptoir par Florent Oiseau, poète du quotidien et romancier aux éditions Allary.

« J'ai jamais eu les pieds sur terre,
J'aimerais mieux être un oiseau »
Michel Berger, « S.O.S d'un terrien en détresse »

« Moi je ne suis qu'une fille de l'ombre
Qui voit briller l'étoile du soir
Toi, mon étoile qui tisse ma ronde
Viens allumer mon soleil noir »
Joe Gracy, Jean-Paul Cara, *L'Oiseau et l'Enfant*

Prologue

Certains pensent que c'est une porte mal refermée sur l'enfance.

Ce n'est pas une maladie ! Cela peut effrayer, parfois... Mais la plupart du temps c'est plutôt agréable.

Je considère que c'est une aptitude. Largement répandue chez les enfants, déjà éveillée dès l'aube de l'humanité, les premiers *sapiens* en ont laissé de nombreux témoignages sur les parois des cavernes.

Il s'agit d'une disposition de l'esprit à voir, dans les formes aléatoires du chaos et de la nature, des choses familières qui existent vraiment. Entre les mains des premiers hommes, les lampes à graisse et leur flamme vacillante projetaient sur les aspérités de la roche des troupeaux de chevaux sauvages au galop, entre les concrétions de calcaire de grands animaux imaginaires, ici la ligne d'un bison à bosse, là les défenses d'un mammouth laineux ou la gueule menaçante d'un ours des cavernes.

C'est plus fort que moi : dans les nuages, je vois des éléphants, une majorette avec son bâton, un chien qui fume la pipe. Je vois des cœurs dans les cailloux, le bec d'un pélican dans la corbeille à linge, ou des ogres à tête de martien au milieu des melons. Dans ma chambre de petite fille à Ostende, je me souviens que je distinguais très nettement la silhouette de ma sœur Hortense entre les fleurs de la tapisserie. Elle faisait coucou d'une main et tenait sa jupe de l'autre comme pour éviter qu'elle ne s'accroche dans les ronces.

Les scientifiques appellent cela la « paréidolie ». Ils expliquent que c'est une tendance à donner du sens là où il n'y en a pas.

Vanille, épicerie du Flamant rose à Hyères

1.

L'épicière de l'avenue Gambetta

Une odeur verte et humide, un parfum d'autrefois.

Voilà ce qui saisissait le nez et éveillait le cœur une fois le seuil franchi. Avant que la lumière crue des néons ne fasse un jour brutal sur la grande pièce rectangulaire toute tapissée d'étagères, on eût pu se croire dix ans, vingt ans ou cent ans plus tôt. Au milieu de cette grotte aux trésors, la grande banque réfrigérée diffusait un ronronnement paresseux et quelques effluves de jambon à la coupe ou de fromage bleu. Des pommes à la peau cirée et quelques gros choux-fleurs ventrus bien alignés au fond des cageots semblaient disputer aux bêtes, le territoire des senteurs avec leurs notes douces, acides ou herbeuses. Il y avait tout un monde dans ce local carrelé de 40 mètres carrés : des champs labourés, des arbres généreux, des sources, des chèvres, des brebis, l'immensité de la garrigue semée de fleurs de thym, des bidons de lessives, des saucissons secs et tout un rayon de sucreries. Un sourire d'enfant éclatant de santé s'apprêtait à mordre un biscuit breton depuis une éternité sur l'affiche publicitaire punaisée contre le mur du fond. Et, vigilant, posté sur une patte, un échassier rose contemplait son propre reflet contre une cloison de verre.

L'épicerie ouvrait chaque matin à sept heures et demie, sauf le lundi.

Ce jeudi du mois d'octobre aurait pu ressembler à n'importe quel jour des dix dernières années, qui avaient filé comme un désert glissant au fond d'un sablier. La ville encore somnolente s'étirait péniblement pour revenir à la vie.

Vanille renversa un grand seau d'eau pour nettoyer le trottoir devant son entrée. Elle observa en souriant la flaque sombre sur le bitume qui semblait lui offrir un gros bouquet de lys dans un vase carré. Elle adressa quelques mots aux éboueurs qui achevaient leur tournée. Il faisait encore nuit et le gyrophare du camion illuminait la rue comme des décorations de Noël. Les hommes empoignaient les containers pleins à craquer et les fixaient au mécanisme de l'élévateur. Pendant que les poubelles vomissaient leur ventre de détritus dans la benne, au milieu du fracas des chutes, Vanille capturait l'air du temps et commentait les prévisions du jour :

« Ils ont annoncé de la pluie pour cet après-midi. Je n'y crois pas trop… Le mistral se lève déjà. »

Un souffle puissant s'engouffrait dans l'artère principale de la ville et sur le trottoir de la rue voisine, de folles bourrasques dérobaient au balai de l'agent municipal des brassées de feuilles mortes. Le cantonnier désorienté par les caprices du vent dansait une valse impromptue entre les arbres pour rassembler son butin végétal. La chevelure exotique des palmiers géants de l'avenue

Gambetta s'agitait dans les airs jusqu'à chatouiller les nuages.

Le salon de coiffure mitoyen était encore éteint.

L'épicière laissa la porte grande ouverte en entrant dans sa boutique et remonta machinalement la fermeture éclair de sa veste polaire. Un frisson l'avait saisie.

« Bonne journée, messieurs ! lança-t-elle en se retournant, la main tendue.

— Salut, Vanille ! »

En appuyant sur l'interrupteur, elle contempla un instant le flamant rose lumineux qui lui servait d'enseigne et qui trônait au milieu de sa vitrine en équilibre sur une patte depuis presque deux lustres. Il s'alluma en grésillant. C'est Pierrot qui lui avait offert ce luminaire, bien avant l'installation de l'épicerie, au temps des premiers baisers, des premiers émois.

Vanille affirmait que c'était une œuvre d'art contemporain d'une valeur inestimable et que son Pierrot ne s'était pas moqué d'elle. Mais tout le monde, et Vanille la première, savait pertinemment que le volatile en plastique et néons roses, fabriqué en série à la fin des années 1990, avait été volé à la devanture d'une discothèque d'Antibes, un soir d'été.

Quand il était question de Pierrot, Vanille avait toujours sa propre version des choses. Elle claironnait ses vérités qui sonnaient comme des excuses. Elle avait le regard et la mémoire aveugles de toutes les grandes amoureuses.

Au prélude de sa vie, c'était bien le vol des flamants roses qui avait mené Vanille jusqu'à Pierrot, d'Ostende à ce rivage de la Méditerranée.

Son père, Wilhem, savant ornithologue, étudiait les grands échassiers migrateurs. La famille avait plié bagage pour s'installer tout près des marais salants de la presqu'île de Giens, en Provence. Ils avaient voulu fuir tous les trois, ensemble, comme font certains oiseaux qui abandonnent leur nid sur les clochers des églises et les beffrois nordiques lorsque l'hiver s'annonce trop rigoureux. Ils s'en vont sécher leurs plumes sous des cieux plus cléments.

L'hiver de Wilhem et de sa femme Constance avait duré bien plus qu'une saison. Les parents de Vanille avaient quitté leur imposante demeure de briques blanches au bord de la mer du Nord. Ils s'étaient fait violence pour renoncer à s'agenouiller comme chaque jour depuis cinq ans sur le marbre froid sous lequel reposait Hortense, leur fille aînée. Sa mère avait dit :

« Essayons au moins ! Faisons-le pour la petite. »

Wilhem doutait un peu qu'une paix existe quelque part. Mais il avait accepté ce départ, sans enthousiasme et sans lutte comme on prend le premier train qui passe pour ailleurs. Cela pouvait avoir un sens si l'on considérait que c'était pour son travail. Alors, puisqu'il pouvait y étudier les flamants roses… Il céda au caprice de sa femme. Que peut-on refuser à une mère qui pleure son enfant ?

Ils avaient atterri tous les trois dans cette petite ville au bord de la Méditerranée, une cité médiévale aux ruelles abruptes qui dévalaient en cascades jusqu'aux belles allées bordées de palmiers et d'orangers. Sur les hauteurs, quelques ruines d'un château hérissaient encore trois ou quatre murs de pierres rousses entre les touffes de garrigue. Un vieux donjon éboulé, scrutant la mer immense, continuait d'assurer sa vigilante mission dans l'insouciance des cigales, sous un soleil de plomb. La légende raconte que c'est de cette tour de garde qu'un seigneur d'autrefois vit ses quatre filles, qui se baignaient non loin du rivage, se métamorphoser en pierre pour échapper au rapt de quelques pirates ennemis arrivant du grand large. La plus rapide avait déjà les deux bras agrippés à la côte*, les trois autres imprudentes furent à jamais séparées par les flots**.

Quand, dès l'enfance, on a vécu dans cette ville dont la géographie tout entière est née d'un sortilège, cela prédispose à la magie.

Hyères-les-Palmiers offrait un asile fleuri sous un bleu de turquoise peuplé d'oiseaux. Une vie meilleure semblait enfin possible. Pourtant, où que l'on aille, on emporte ses blessures avec soi. Hortense les suivit jusque-là.

Wilhem et Constance avaient déjà tout essayé pour se sentir vivants. Ils s'étaient serrés l'un contre l'autre si fort qu'ils avaient cru leur souffle coupé, leurs os broyés. Ils avaient crié, gratté la terre à s'arracher les ongles, prié un ciel obstinément muet, inondé leur chagrin de larmes et de liqueurs.

Pourtant, un miracle avait bien eu lieu, mais personne ne sembla comprendre qu'il s'agissait d'un bonheur : une graine de vie avait éclos dans le ventre

---

* C'est la presqu'île de Giens. Entre deux bras de terre qui la relient à la côte s'étendent les marais salants.

** Porquerolles, Le Levant et Port-Cros.

de Constance. La petite sœur d'Hortense naquit un peu plus d'un an après l'absence. Ses parents l'accueillirent comme un maigre dédommagement de deux kilos huit cents. Les bébés savent certaines choses mystérieuses ; la petite fille semblait s'excuser d'être là, à la place d'une autre. Elle ne pleurait jamais. Wilhem jugea très vite que cette enfant ne le consolerait pas. Il enferma son chagrin dans la grande bibliothèque qui lui servait de bureau et partit pour de longues missions d'observation à l'étranger dès que se présentait une occasion.

Constance, qui interrogeait toujours le silence confia à la défunte le choix d'un prénom pour son bébé. Elle scruta tous les signes possibles.

Une chanson, échappée inopinément de l'autoradio du taxi, qui conduisait la mère dans les douleurs vers la maternité, fut le message décisif. Hortense avait choisi ! Sa petite sœur s'appellerait « Vanina » !

« Vanina-a-a-a-a », s'égosillait le chanteur hollandais* dans les enceintes nasillardes de la Renault 20.

Hortense avait chanté cette chanson tant de fois ! C'était sa préférée. Pour sa mère, il n'existait plus que cette chanson-là. Elle en déduisit que cela ne pouvait pas être un hasard. Ainsi la voix d'Hortense, son enfant chérie, continuerait à résonner : « Vanina-a-a-a-a. » Il ne restait plus qu'à espérer que ce soit une fille, ce qui fut confirmé deux heures plus tard. Constance avait vu juste : Hortense avait tout manigancé !

« Vanina-a-a-a-a. »

---

* Dave.

Constance était issue d'une famille industrielle du nord de la France dont les lointains ancêtres avaient appartenu à la noblesse. C'est donc bien la nostalgie et non le manque de moyens financiers qui poussa la mère endeuillée à habiller chaque matin sa petite fille avec les vêtements qui avaient appartenu à Hortense et qu'elle avait soigneusement conservés dans des valises de cuir. Vanina promenait sans cesse sur ses épaules une discrète odeur de naphtaline.

Hortense avait onze ans lorsqu'une maladie du sang l'avait foudroyée. C'est à l'anniversaire de sa mort que naquit Vanina qui ne connut de sa sœur aînée que des photos, quelques objets sacralisés, le sanctuaire d'une chambre sans âme vive, les vêtements démodés dont on l'affublait et la présence envahissante de son fantôme adulé par ses parents.

Elle avait vécu les quatre premières années de sa vie à Ostende, dans une luxueuse villa en front de mer. Vanina n'était pas encore scolarisée et passait toutes ses journées dans les jupons de sa mère qui était traductrice pour des revues scientifiques et travaillait à domicile, un verre de vermouth à la main pour abrutir son chagrin. Wilhem, souvent absent, suivait les migrations jusqu'en Afrique et ne revenait que pour s'enfermer dans son bureau comme dans un tombeau.

L'aménagement à Hyères signa la grande entrée de Vanina dans la vraie vie, grâce à l'école Anatole-France et à la fréquentation nouvelle et fascinante des petits Provençaux.

La fillette aux allures de grand-mère s'exprimait parfaitement en français, car c'était sa langue maternelle.

Elle la maîtrisait même un peu trop bien, étant donné qu'elle ne l'avait jamais parlée avec personne d'autre que sa mère quadragénaire, éduquée chez les bonnes sœurs, qui avait évolué dans un milieu bourgeois guindé. Vanina ne connaissait pas les mots d'enfants. Son vocabulaire était riche et châtié et ses tournures de phrases un peu précieuses. Il y avait quelque chose de suranné dans l'expression de cette enfant venue d'ailleurs, brutalement plongée au milieu des minots turbulents de son école maternelle hyéroise. Sous les grands marronniers de la cour, le verbe haut et l'accent chantant de ses nouveaux camarades résonnaient contre les vieilles pierres. Vanina en était ébahie.

Celui qui avait le plus de verve, évidemment, c'était Pierrot !

Les enfants riaient des bizarreries de la langue de la petite nouvelle, de ses drôles d'habitudes alimentaires, vestimentaires, de ses codes sociaux déjà tellement ancrés en elle et qui semblaient d'un autre temps. Sa langue paternelle, le néerlandais, au milieu de toutes les nouvelles choses à apprendre, ne fit pas long feu. Le père, qui semblait plus habile à communiquer avec les oiseaux qu'avec sa propre fille, ne s'adressait que trop rarement à son enfant pour que cette langue reste vivante en elle.

C'est elle qui avait expliqué à ses petits camarades de classe que les Flamands, originaires des Flandres, n'avaient rien à voir avec les flamants roses venus d'Afrique qui campaient dans les marais (son père aussi campait des journées entières dans les marais, mais sur ses deux jambes chaussées de bottes en caoutchouc). Pourtant, Pierrot avait décrété qu'il y avait sûrement un lien et n'en avait pas démordu ! Il ne manquait jamais une occasion pour s'en amuser. Un jour, pendant un goûter d'anniversaire, il avait même osé demander au sévère Wilhem, qui lisait un journal étranger au fond du salon, si la nuit il dormait debout sur un pied. Son impertinence avait fait frissonner Vanina, mais au fond elle trouvait ça très drôle !

Son père n'avait pas répondu. Il laissait caqueter les enfants dans le salon sans y prêter attention.

Mais c'était il y a longtemps, déjà... Vanille ne s'appelait plus Vanina, ses parents n'habitaient plus là, le fantôme d'Hortense s'était tu.

La vitrine de l'épicerie diffusait une lumière douce sur le tronc du palmier de la rue, dans sa jardinière de béton.

Ce flamant rose flamboyant, qui avait eu un glorieux début de carrière au Macumba d'Antibes, était un cadeau d'amour. Une façon pour Pierrot de dire à Vanille « je sais qui tu es, continuons à rire et à danser. Un jour, nous convolerons pour la vie entière ». Surprenant cadeau de fiançailles ! Ils avaient dix-sept ans.

Hélas, le destin s'était acharné à entraver leur union. Le volatile resta longtemps enveloppé dans du papier à bulles au fond d'un carton avant d'être définitivement établi dans la vitrine de l'épicerie de l'avenue Gambetta.

Vanille avait installé sa boutique à deux pas de l'école de leur enfance, là où les amoureux s'étaient rencontrés pour la première fois. Certains oiseaux ne migrent plus quand ils savent la place qui leur revient sur la terre comme dans le ciel.

L'épicière avait laissé sa porte ouverte malgré le froid qui s'engouffrait à chaque rafale de vent, car c'était l'heure où les premiers écoliers commençaient à arriver en tendant leur pièce de deux euros, en échange d'un sachet panaché de bonbons acidulés, sous le regard impassible de Pierrot.

La proximité avec l'école offrait une clientèle matinale qui venait faire le plein de sucreries avant la sonnerie. C'étaient les élèves des cours moyens qui faisaient le trajet tout seuls et à pied. Certains passaient devant la boutique, car elle était sur leur chemin, d'autres faisaient un grand détour et repartaient en courant pour ne pas risquer de trouver le grand portail de l'école déjà clos.

« N'allez pas vous casser la binette ! » leur criait Vanille.

Les plus petits ne viendraient qu'à l'heure du goûter, accompagnés d'un de leurs parents qui choisiraient une banane ou des biscuits bio.

Le matin, c'était plutôt colorants et sucre à gogo ! Vanille distribuait la béquée à ces nuées d'étourneaux qui piaillaient devant sa caisse, cartable sur le dos.

« Allez, zou ! Fichez-moi le camp ! Et pensez à vous laver les dents de temps en temps ! Et l'on dit au revoir à Pierrot !

— Au revoir, Pierrot ! » chantonnaient-ils, la bouche déjà pleine, en haussant les épaules dans un rituel immuable. Ils quittaient la boutique en pouffant de rire.

Vanille se laissait vite attendrir. Elle aurait bien aimé avoir un enfant à elle. Mais la vie en avait décidé autrement. Désormais, il était trop tard.

Pierrot lui avait fait toutes sortes de surprises plus ou moins heureuses, mais pas d'enfant.

Planche I

Le flamant rose

Il flotte en structure gonflable sur les eaux turquoise des piscines de nos maisons de vacances, au milieu des tangas à paillettes et des effluves de monoï à la noix de coco.

Il prend volontiers des postures d'icône pop, en faisant grande impression sur les tissus et tapisseries, ancré sur une seule patte, le bec hautain, et la plume fluo.

Beauté flamboyante surgissant des paradis luxuriants, cet échassier au vol majestueux est un grand romantique. Il séduit sa partenaire en une parade nuptiale qui ressemble à un mambo. Une fois la belle conquise, il lui restera fidèle pendant les trois décennies que durera sa vie.

Le flamant rose a quelque chose de fabuleux et de magique, il s'habille des couleurs de l'aube, évoquant le jour nouveau, la possibilité d'une renaissance.

2.

Pierrot, drôle d'oiseau

« Dis donc, Pierrot, tu rentres ou tu sors ? Décide-toi ! Tu déclenches la sonnette à chaque fois que tu franchis le seuil. Bon, de toute façon, je préfère fermer la porte, les clients ne se bousculent pas ce matin, et ce vent me rendra folle ! Totor ne va pas tarder à me livrer les légumes. Il faut que je fasse de la place dans les cagettes. Regarde-moi ces laitues, elles sont déjà toutes flétries ! Les cœurs sont encore bons, mais elles sont invendables. Je les mets de côté pour le dîner de ce soir.

Oh, ce chat ! Toujours entre mes pattes ! File, Pompon !

Il ferait bien d'aller se chercher une minette plutôt que de ronronner des journées entières, entre ces quatre murs, comme une âme en peine.

N'aurais-tu pas envie d'aller prendre l'air ailleurs ? Faire quelques rencontres galantes ? Qu'attends-tu ici ? Le retour d'une Pomponette, tu le sais bien, Pompon, elles ne reviennent jamais... Fais-toi une raison ! Les chats de ton espèce, ça court dans les gouttières, ça rôde dans les jardins, ça miaule sous la lune... Allez, file !

Ce chat, c'est le portrait craché de Sam ! Qu'en dis-tu, Pierrot ?

Je lui ai dit, hier, à Sam : "Tu ressembles de plus en plus à mon chat ! La moustache en moins." Surtout depuis qu'il a les tempes grises...

Es-tu au courant de ce que madame Gascon a raconté à Sam hier ? Elle aurait croisé Pétula lundi, dans la rue Massillon, avec la petite !

Pétula ! Tu imagines ? Sam n'y croit pas vraiment. Il faut dire que madame Gascon perd un peu la boule ces derniers temps...

Ce serait assez extraordinaire. Pétula ! De retour ! Elle n'a jamais donné signe de vie en dix ans. Disparue du jour au lendemain avec toutes ses affaires. Si elle était partie seule, je pense que Sam s'en serait remis, ce n'était pas la folle passion entre eux, je l'ai toujours senti. Mais sa fille, tu parles, c'était impossible ! Il était fou de sa petite Violette. C'était son miracle, arrivé sans crier gare. Lui qui ne pensait pas être papa un jour... et elle lui a volé son enfant.

Tant que je ne la verrai pas de mes propres yeux, je ne pourrai pas le croire. Que viendrait-elle faire ici, après toutes ces années ? Sam pourrait bien lui faire un nouveau procès. Il avait tant bataillé à l'époque. Je me souviens que Pétula avait été poursuivie pour rapt d'enfant. Mais comme personne ne savait où elle cachait sa fille... On racontait qu'elle était partie à l'étranger. Elle avait suivi un amant italien, un truand, à ce qu'il paraît...

Rien de très surprenant, n'est-ce pas ?

Quelqu'un avait rapporté à Sam qu'elle vivait à Gênes, qu'elle avait changé d'identité. Il y est allé des dizaines de fois, écumant les bars, les vieilles ruelles, les places, le port, il montrait la photo de Violette partout. Il ne l'a jamais trouvée. Tu la connaissais bien, toi, Pétula ! Tu savais de quoi elle était capable. Elle s'est bien fichue de nous tous. Pauvre Sam !

Elle a treize ans maintenant, la petite Violette, qui sait si nous pourrions la reconnaître. Elle a dû drôlement changer ! Elle était si mignonne avec ses petites couettes, sa bouche en cœur et ses yeux verts. Sam la portait sur ses épaules, c'est lui qui s'occupait d'elle. Pétula n'a pas été une bonne mère. Elle n'était jamais là. Je n'ai pas compris pourquoi elle avait fait ça. Priver la petite de son père, s'enfuir comme une voleuse, faire souffrir si cruellement Sam. C'est tellement injuste !

Pauvre petite ! Pauvre Sam ! Tout ce temps perdu... S'il pouvait enfin la retrouver, ce serait incroyable !

Je sais ce que mes parents ont enduré après la mort d'Hortense. On ne se console jamais de la perte d'un enfant.

Vraie ou fausse, la nouvelle a bouleversé Sam. Il m'a dit qu'il n'ouvrirait pas le salon aujourd'hui, il a des choses à faire. Il a annulé toutes ses clientes de la journée. Madame Gascon n'aura pas sa mise en plis ! Hier, elle s'était arrêtée au salon juste une minute pour prendre un rendez-vous. Mais quelle idée de raconter des choses pareilles avant d'être sûre de son information ! Socrate disait qu'il faut toujours se poser trois questions avant de révéler une information : “Est-elle vraie ? Fera-t-elle le bien ? Sera-t-elle utile ?”

Madame Gascon ne se pose jamais beaucoup de questions, elle a la langue bien pendue !

Tu as vu la tête de Sam hier soir quand il est passé après la fermeture ? Son front imprimait une douleur ancienne et pourtant, dans ses yeux, j'ai vu renaître une lueur d'espoir. J'espère qu'il ne sera pas déçu une nouvelle fois. C'est sûr, il ne lâchera pas. Il est têtu.

Tu sais qu'il continue à me harceler pour que j'accepte de me couper les cheveux. Je ne veux pas, un point, c'est tout.

Tu me préfères avec les cheveux longs, je le sais bien. Et c'est à toi que je veux plaire. Dis-moi, Pierrot, je te plais toujours ? Le temps passe si vite...

Oui, chuchote-le encore tout bas !

Mais non, je ne rougis pas ! Moi aussi, je t'aime, mon Pierrot.

Et si l'on mettait un peu de musique ? Dalida ? Luis Mariano ?

Non, ce n'est pas de la musique de vieux ! C'est intemporel. Tiens, voilà un bel air d'opéra ! Puccini, *Madame Butterfly* ! Attends, je monte un peu le son. C'est mon passage préféré :

Vedi ? È venuto !
Io non gli scendo incontro, io no. Mi metto
là sul ciglio del colle e aspetto,
e aspetto gran tempo
e non mi pesa
la lunga attesa[*].

---

* « Tu vois ? Il est venu ! / Je ne vais pas à sa rencontre. Pas moi. / Je me mets sur le bord de la colline et je l'attends, / Et j'attends longtemps. / Et la longue attente / Ne m'est pas pénible. »

Tu vois, ça, c'est quelque chose que j'aurais bien aimé chanter à l'Opéra Bastille, à la Scala ou bien à la Fenice ! Tu imagines ça ? *Madame Butterfly* et *La Traviata* ! J'aurais fait ce métier seulement pour ces deux partitions-là ! J'en ai chanté quelques extraits au conservatoire. Je me débrouillais pas mal, tu sais... Mais non, je ne regrette pas ! L'important est que je sois là. Avec toi.

Ça ne s'est pas fait, n'en parlons plus.

Tu sais, ce passage de *Madame Butterfly*, j'aurais voulu le chanter rien que pour ma mère. J'ai toujours pensé que revenait à moi seule la lourde tâche de la consoler. C'était ma mission. C'est bien pour cela qu'Hortense m'avait envoyé sur cette terre, non ? C'est sans doute l'un des plus grands regrets de ma vie : n'avoir pas réussi à la consoler, n'avoir pas su remplacer ma sœur. Elle comptait sur moi, j'en suis sûre, et j'ai failli à mon devoir. Maman a passé le reste de sa vie à attendre. Elle attendait de pouvoir rejoindre Hortense et elle ne pouvait plus partir à cause de moi. Elle attendait que je devienne Hortense et je n'y arrivais pas. Elle attendait les retours de mon père. Elle pensait qu'il était le seul à pouvoir comprendre le vide effrayant qui l'habitait. Pourtant, même quand il était là quelques jours, avant de s'enfuir à nouveau pour courir après les oiseaux, il était toujours absent. Il la prenait dans ses bras, mais il ne parlait pas. Leurs deux solitudes réunies formaient un gouffre immense. Ils s'allongeaient en fermant les yeux, enlacés sur le canapé du salon. Je me penchais sur eux sans faire de bruit pour caresser leurs joues mouillées. Mes parents me donnaient le vertige. Et je n'avais pas le droit de tomber. Je m'en voulais tant de ne pas être Hortense !

Ma mère mettait souvent ce disque à la maison. Je regardais tourner les sillons du vinyle sur la platine, elle fredonnait la mélodie, penchée sur ses feuillets noircis de sa longue écriture accidentée de ratures. Ce passage devait la toucher particulièrement. Je l'entendais soupirer en rêvassant, le capuchon de son stylo entre les dents. Mon père lui manquait. Hortense lui manquait. Alors je me mettais à chanter des mots inventés à consonance italienne avec de grands airs de diva et il lui arrivait de sourire. Il me semblait que c'était la meilleure chose au monde dont je fusse capable.

Elle m'en a voulu, tu sais, de renoncer à ma carrière…

Vanina Van Hill, soprano-soliste à l'opéra de Paris.

Ça aurait eu de la gueule, il faut l'avouer.

Mais non, Pierrot, ce n'est pas ta faute ! Partir avec toi, c'était ma façon d'être enfin moi-même, d'écouter mes désirs. Et le plus cher était de vivre auprès de toi.

Et rassure-toi ! Je l'aime ma vie. Et surtout, je t'aime, mon Pierrot.

Certains me le disent parfois : Vanille, change de vie ! Sors de cette épicerie ! Il faudrait peut-être que je te quitte ? Même s'il m'en prenait l'envie, ce serait un peu tard, tu ne trouves pas ? Si j'avais dû te quitter, je l'aurais fait il y a bien longtemps ! Quoi qu'il en soit, la question ne se pose pas, puisque c'est toi qui ne me quittes pas… Tu m'en as fait de belles, mon Pierrot, mais je ne t'en veux de rien. C'était écrit. Les choses devaient être ainsi ! Alors je les accepte et je fais avec.

Non, ce n'est pas un sacrifice, je n'ai pas l'âme d'une sainte ! Je sais juste que tu m'étais destiné et que sans toi je n'existe pas.

Même mon nom, c'est toi qui l'as choisi pour moi. Tout le monde m'appelle Vanille depuis les classes enfantines, mais tu étais le premier. Nous avions quoi ? Quatre ans ?

"Mademoiselle Vanina Van Hill nous vient de Hollande !" Tu te rends compte que cette maîtresse de maternelle présentait une enfant de quatre ans à ses camarades en disant "Mademoiselle" ? Moi, à l'époque, cela ne me choquait pas. Elle était bien revêche, la mère Barberousse ! Et puis je ne venais pas de Hollande, mais des Flandres ! De Belgique. Je ne lui en veux pas. Je ne lui en veux plus. En tout cas, pas pour cela.

Toi, tu as crié : "Vanille ! C'est un drôle de nom, ça !" et tout le monde a éclaté de rire. Sauf la maîtresse qui t'a puni. Personne n'a compris pourquoi, peut-être, même pas elle, car quelques jours plus tard elle décidait que c'était effectivement plus commode de m'appeler Vanille, puisque tous les enfants de la classe avaient suivi ton mot d'ordre.

Tu as toujours été un meneur, n'est-ce pas ? Non, ne ris pas ! C'est vrai ! Je crois bien que tu m'as plu tout de suite, dès ce premier mot que tu m'as offert comme un cadeau : "Vanille", c'était doux, c'était bon ! C'était comme un bonbon. Moi, j'ai appris qu'il est possible de tomber amoureux à quatre ans et que ça peut durer une vie entière parce que ça m'est arrivé.

Tu as filé au coin comme les oiseaux regagnent le nid. C'était souvent ta place : "Pierre, au piquet ! Au coin ! Et plus vite que ça ! Je vais t'apprendre, moi, à amuser la galerie ! Tu te crois malin ? Toujours à faire le pitre ! Garnement ! Bon à rien !" La maîtresse te donnait toute sorte de noms d'oiseaux. Je me souviens que tu marmonnais quelque chose, la tête contre le mur. J'avais le cœur gros, car il me semblait que tu étais là à cause de moi, humilié et retranché des autres enfants. Cette injustice me torturait. Avant même de te connaître, je craignais ton désamour, je craignais que tu m'en veuilles. Je ne savais pas encore que les châtiments de toute sorte étaient ton lot quotidien. Je l'ai compris plus tard. Au moment de la sentence, je me suis sentie fautive, cette sensation nouvelle et désagréable fut assez fugitive, finalement. Je n'arrivais pas à détacher mon regard de tes épaules tournées face à l'impasse du mur, quand, soudain, tu as passé ton visage en dessous du bras qui encerclait ta tête, le coude vissé au papier peint vert pâle. Tu m'as cherchée du regard en vérifiant que la sévère Barberousse ne regarde pas de ce côté de la classe. Elle avait bien trop à faire pour s'intéresser à ce qui se passait dans ta direction. Elle t'abandonnait de longues minutes qui nous semblaient des heures pour taper la brosse pleine de craie contre le montant de la fenêtre ouverte sur la cour de récréation, passer entre les rangs, les mains dans le dos, la démarche d'un coq à l'affût d'une graine, entre les petites tables où nous collions des gommettes et roulions des boudins de pâte à modeler dans un quasi-silence.

Tu m'as souri, Pierrot ! Un sourire comme cela, je n'en avais jamais reçu : il me soulageait de tout, me libérait de ma culpabilité. Avec ce sourire plein de malice, tes yeux qui brillaient et cette effronterie, tu me délivrais un sauf-conduit, le droit d'être là, d'être reconnue de toi, d'être nommée comme il te plaisait. Je t'appartenais déjà ! Bien sûr, je n'avais pas conscience de tout cela. Mais à force d'y penser... C'est longtemps après que j'ai compris que j'avais commencé à t'aimer pour cette saveur de vanille que tu versais sur ma jeune vie, pour ton audace d'aventurier et pour ce sourire.

Ne souffle pas, Pierrot ! Qu'il me plaît de ressasser ces souvenirs ! Non, ne me dis pas que tout ça, c'est du passé et que tu n'y penses jamais ! Tant que je suis là pour te le rappeler, c'est bien vivant, ça remue là-dedans. Tu le sens aussi, Pierrot ? Oh oui, je le vois à ce même sourire que tu m'offres là, aujourd'hui, avec cette mâchoire plus carrée qu'autrefois, ton beau visage d'homme, ta mèche en broussaille et ta barbe de trois jours ! Quand on est tous les deux, quand le tumulte de la vie s'apaise et que l'on se retrouve pour bavarder un peu comme maintenant, tout reprend sa place et nous sommes seuls au monde. Toi et moi.

Évidemment, chacun vaque à ses tâches et je n'ai pas une minute à moi. Toi, mon Pierrot gourmand ! Oh ! Ne râle pas, c'est bien ce que tu es, Pierre ! Un gourmand de la vie, tu as tous les appétits ! Jamais rassasié, tu en veux toujours plus... Tu gardes un œil sur l'étagère à bonbecs et tu as bien raison, car je leur dis, tous les jours, à ces petits garnements, de ne pas se servir tout seuls. Ils seraient bien tentés de me désobéir, en douce, dès que j'ai le dos tourné… Heureusement que tu veilles ! Tu imagines toutes ces menottes plongées dans les bacs à bonbons ? Ce serait dégoûtant ! De vrais nids à microbes ! Ce n'est pas plus mal qu'ils te craignent un peu, au moins ils se tiennent à carreau ! On fait la paire, mon Pierrot. Que ferais-je sans toi ?

Et puis c'est ma ville, ici, je suis devenue hyéroise grâce à toi. Je n'ai aucune intention de partir ! Tu n'as pas à t'en faire. Je vais te dire franchement, je n'ai plus guère de souvenirs d'Ostende. J'étais trop petite. En moins d'un an, j'avais oublié le néerlandais et au CP j'ai appris à lire avec l'accent varois ! Mon père en était contrarié. Je sais que son pays lui manquait. Il s'est toujours senti déraciné. Ma mère semblait préférer vivre en France même si elle était aussi étrangère à cette région que pouvait l'être mon père. Elle était du Nord. Ils n'ont plus jamais voulu revenir ici. Évidemment, c'est aussi un peu à cause de toi, à cause de nous… Mais c'est mieux comme ça. Enfin, j'imagine… J'espère… Je ne leur en veux de rien. Non, ce n'est pas une indulgence de ma part. Chacun a sa façon de voir les choses. Ils ont toujours pensé que j'avais eu tort. Ils avaient espéré autre chose pour moi. On ne peut pas leur en vouloir. Moi, je te le répète, je me sens à ma place. Je suis d'ici désormais, et de nulle part ailleurs et puis, je suis près de toi et de nos souvenirs. Rien d'autre n'a d'importance.

Je vais remplir la gamelle de Pompon.

Je ne sais pas ce que tu lui as fait à ce chat, il se hérisse et il feule comme une crécelle dès que tu es là. C'est un fieffé trouillard, même une souris pourrait l'effrayer. Pourtant, je parie qu'il n'en a jamais vu l'ombre d'une seule ! C'est un chat des villes, je te dis. Une brave bête ! Viens là, mon minet, tiens, voilà ! Régale-toi ! Ne fais pas attention à Pierrot, il n'est pas méchant, même si je dois te dire qu'il n'est pas impossible qu'il ait torturé quelques chatons quand il était enfant.

Ah ! Voilà mes beaux légumes !

— Salut, Totor ! Entre ! Oui, j'ai fermé la porte à cause de Pierrot. Ça l'amuse de déclencher la sonnette ! Pff... »

Vanille se mit à fredonner une chanson de Dalida en italien en forme d'indulgence envers Pierrot : « *Come prima, più di prima, t'amerò*[*]... »

* « Comme avant, plus qu'avant, je t'aimerai... »

3.

TOTOR ET LE JARDIN D'ÉDEN

« Je t'ai mis des endives, parce que pour les laitues qui ont voyagé depuis les serres espagnoles, peuchère, tu sais qu'il ne faut pas compter sur moi ! Et encore moins celles à qui l'on doit payer le billet d'avion ! Ces légumes-là sont de saison, cultivés dans les champs de Sollies à La Crau ! Et voilà une belle cagette de cucurbitacées ! Avec Halloween qui se prépare, je me doute qu'elles risquent de finir en photophore plutôt qu'en soupe ! Si c'est pas malheureux ! Parce qu'à cette saison un petit velouté de courge aux marrons, c'est un délice ! Ma Rosa me fait aussi des soufflés à se damner ! Tiens, les châtaignes, c'est cadeau ! Rosa et moi les avons ramassées dimanche à l'abbaye du Thoronet. »

Même dans ces maigres instants de loisir, Totor passait son temps à récolter tout ce qu'offrent les arbres, les ronces et les fourrés.

Totor était un homme de la terre. Ses mains tordues par le labeur parlaient aussi bien que celles d'un Italien, il les tenait toujours ouvertes, tout près du cœur. Ses gros souliers crottés plantés sous deux jambes un peu trop courtes, le dos voûté, il ajustait sans cesse une vieille casquette à carreaux entre ses grandes oreilles flétries en forme de feuilles de chou. Totor soulevait son modeste couvre-chef à intervalles réguliers, découvrant un crâne chauve et ondulé comme une mer d'automne ridée par le mistral. Il parlait fort parce qu'il vivait toujours au grand air, que son tracteur faisait un boucan d'enfer et qu'Ahmed, son ouvrier agricole, n'entendait pas si bien le français. Le nez de Totor avait pris une étrange direction en travers de sa figure, peut-être parce que les paysans comme lui n'empruntent jamais les routes du beau monde, mais plutôt les chemins creux, les sentiers des sous-bois.

Toute sa vie, Totor avait cultivé les champs d'un riche propriétaire terrien dans l'arrière-pays. C'est dans cette grosse bâtisse décrépie que Vanille se rendait avec sa mère chaque semaine pendant les mois d'été pour acheter les grosses pêches juteuses, les abricots sucrés comme des confitures, les melons odorants et toute sorte de légumes. Constance s'était liée d'amitié avec Rosa et Totor, des personnes humbles et bonnes.

Puisque Pierrot était livré à lui-même pendant les grandes vacances, il était aussi du voyage sur la banquette arrière de la deux-chevaux décapotable de Constance. C'était une aventure ! Les enfants se mettaient debout sur le siège pour ne pas laisser cuire leurs fesses contre le skaï brûlant, ils se cramponnaient au rouleau de la capote et offraient leur chevelure à la course folle du vent, en chantant à tue-tête, en se balançant sous le chaos des secousses du petit chemin de terre bossu qui menait au mas de Totor. Un gros berger allemand édenté se levait de sa sieste sur une dalle de pierre plate à l'entrée de la grange pour leur faire la fête quand la voiture arrivait en klaxonnant dans la cour. Puis Rosa se précipitait à son tour, sourire éclatant aux lèvres, en essuyant ses mains sur son tablier.

— Voilà nos amis belges ! s'écriait-elle en direction de Totor courbé au loin dans des monceaux de feuilles.

Dans la grange, où Rosa emballait les produits de la terre bien alignés dans les cagettes, ça sentait la sève des pieds de tomates et la peau des fruits mûrs. Vanille et Pierrot caressaient le chien, lui jetaient des balles à n'en plus finir, et la brave bête les rapportait sans cesse, sa queue battant une joyeuse mesure. Ses aboiements ressemblaient à de gros rires.

Pour Constance, c'était comme des vacances. Elle venait aussi pour offrir un coup de main au travail. Elle passait de longues heures à parler avec Rosa en l'aidant à préparer ses cagettes, au frais dans la grange humide aux premières heures de l'après-midi quand les cigales s'excitaient dans la chaleur écrasante. Elle fatiguait ses jambes devant les établis de bois, elle espérait sans doute y faire suer sa peine. Les mains blanches et fines de Constance, tachées de la chair des fruits de l'été, couraient aux côtés des mains noires et noueuses de Rosa.

Rosa avait aussi perdu un enfant en bas âge, là-bas, sur son île de Madagascar. Elle semblait convaincue qu'une mauvaise âme lui avait jeté un sort pour avoir conçu un enfant toute seule, sans avoir reçu les sacrements d'une union bénie du ciel. Comme elle n'avait plus personne à aimer, elle avait accepté un mariage arrangé d'une agence matrimoniale spécialisée dans les amours agricoles. Avec Totor, ils avaient échangé quelques lettres sommaires et elle avait fait ses valises. Elle n'était pas plus mal ici. Rosa avait même fini par le trouver beau, son homme, tant il était généreux comme une terre grasse. Hélas, leur lit était resté stérile.

Rosa et Constance, que leur fortune et leurs latitudes respectives auraient dû séparer, s'étaient trouvées comme deux âmes sœurs. Dans la grange, elles emballaient ensemble tous les plus beaux fruits du paradis.

Et, dans ce jardin d'Éden, Vanille et Pierrot couraient en maillot de bain, sautillant, pieds nus sur les graviers, en direction du bassin. C'était un vieux lavoir tapissé d'algues qui faisait office de piscine. Une odeur de vase et de verdure flottait sur la surface noire. Il fallait un peu escalader pour y accéder. Pierrot, agile comme un écureuil, grimpait le premier et tendait ses bras à Vanille pour l'aider à le rejoindre, ils se jetaient ensemble, main dans la main dans l'eau sombre. Vanille se mettait à crier dès qu'elle sentait la caresse mystérieuse des longues herbes aquatiques le long de ses cuisses, elles avaient l'allure des mains griffues de sorcières. Pierrot s'amusait à l'effrayer en désignant la présence imaginaire d'un crapaud au fond du bassin, d'un bourdon dans son dos. Vanille croyait à toutes les ombres. Le cœur de la petite fille battait à tout rompre, elle avait peur, mais la joie triomphait toujours. Le soleil piquant des malices de Pierrot éveillait sa vie.

Pendant la baignade, Constance et Rosa s'accordaient une pause, assises dans les chaises longues sous l'ombre du grand mûrier. Un œil vigilant sur les cabrioles des enfants qui éclaboussaient l'eau hors du bassin, les deux femmes n'interrompaient jamais le flot de leurs confidences. Quand Vanille et Pierrot venaient les rejoindre, le corps tout tremblant sous la chair de poule, enroulé dans les serviettes de toilette, elles versaient dans les verres à moutarde, décorés de Titis ou de panthères roses, une citronnade glacée qu'ils avalaient d'une traite en grimaçant sous la morsure acide de l'agrume.

Les enfants finissaient de sécher, sous les rayons plus tendres de la fin d'après-midi, en courant après les chatons de la ferme. Ils fouillaient méthodiquement le poulailler pour y trouver des œufs en espérant que leur butin permettrait la préparation d'un gâteau au yaourt ou de madeleines à la fleur d'oranger. Les poules affolées gonflaient leurs plumes en battant de leurs ailes inutiles. Puis, sans faire de bruit, dans le dos de Constance et Rosa, les deux polissons disparaissaient soudain dans un ruisseau d'irrigation vide et craquelé par la sécheresse, au fond duquel gisait la vieille carcasse rouillée d'un engin agricole. Téméraires, ils s'approchaient à pas de loup du bourdonnement menaçant d'un essaim d'abeilles calé entre les bras d'un vieil arbre fruitier. Ils arrachaient quelques figues aux branches basses le long du fossé. L'épaisse sève blanche qui perlait au cou brisé des fruits collait entre leurs doigts crottés de terre.

— Ça pègue ! criait Pierrot en essuyant ses mains sur les poches arrière de son bermuda.

Ils croquaient à pleines dents dans la chair mauve tout en promenant leur regard, tête penchée vers le sol, à l'affût des petites pépites noires que deux grosses pierres suffisaient à fendre. Les délicieux pignons de pins complétaient à merveille un goûter fièrement gagné par ces aventuriers, tour à tour Apaches, pirates, princesse ou chevalier. Au fond du ruisseau s'imprimait l'empreinte de leurs espadrilles dans toutes les directions. Ils osaient parfois courir jusqu'au bout du petit chenal où commençaient les vignes pour glaner quelques grains de raisin encore un peu verts. Leur gourmandise et leur hâte n'accordaient jamais à leur récolte la patience des saisons. Il leur prenait parfois de méchantes coliques qui les forçaient à rejoindre en urgence la cabane de bois abandonnée, qui avait autrefois servi de sanitaire à la ferme avant qu'on y installe le confort moderne : un sanibroyeur derrière un rideau, à côté de la cuisine.

Constance et les enfants partaient vers six heures du soir. Pour Totor, c'était l'heure du souper, car, quel que soit le mois de l'année, Totor ne passait jamais à l'heure d'été. Il se couchait avant le soleil, pas question de veiller comme les touristes en goguette. Le lendemain, il serait au labeur dès l'aube.

Une question fatidique retardait parfois le départ :

« Attends, Constance ! Tu veux un lapin ? »

Les enfants redoutaient l'instant où Totor proposait le cadeau fatal. Heureusement, ce n'était pas à chaque visite ! C'était pour les grandes occasions : un anniversaire, une fête, le retour de Wilhem… Vanille se cachait les yeux dans les mains, alors que Pierrot, même si cela lui tordait les entrailles, osait regarder sans broncher, parce qu'il avait bien l'intention de devenir un homme et que les hommes ne pleurent pas quand on tue les lapins. Ahmed donnait un coup sec derrière la nuque de la bête et la suspendait, tête en bas, à la branche d'un arbre, près du clapier. Il lui tranchait la gorge puis laissait pisser le flot rouge dans un seau. En un éclair, il la déshabillait de son pelage.

On déposait l'offrande dans un torchon à carreaux qui faisait office de linceul où perlait le sang du sacrifié, à côté de la cagette remplie de fruits et légumes pour la semaine, au fond du coffre de la deuch'.

Le jour du lapin, les enfants ne chantaient pas sur le chemin du retour. Constance rabattait la capote et Vanille et Pierrot se serraient l'un contre l'autre pour tâcher d'oublier la bête morte qui ballottait derrière le dossier de la banquette à chaque aspérité de la route.

Désormais, même si Totor approvisionnait l'épicerie, il avait pris une retraite forcée. Il avait dû abandonner la terre qu'il avait travaillée de si nombreuses années. Le patron de Totor avait été exproprié. Ahmed était rentré en Algérie retrouver ses enfants qu'il n'avait pas vu grandir et où il n'était plus qu'un étranger. Le chemin tout cabossé, le ruisseau, les figuiers, les vignes, les sillons de melons, les arbres fruitiers, le mas, la grange, le bassin, le mûrier... tout avait été rasé. Le paradis de leur enfance avait été soumis à un appel d'offres, et il était devenu purgatoire. Sur cette terre qui leur avait donné tant de fruits et tant de joie, on avait bâti une des plus grandes prisons de la région. Dans ses cellules, s'entassaient désormais des centaines de condamnés serrant leurs poings autour des barreaux métalliques, la rage au ventre, cherchant à apercevoir, au loin, les champs qui n'avaient pas encore été décimés, les oiseaux, la liberté...

Rosa et Totor avaient été relogés dans un petit appartement HLM sans jardin ni terrasse. Alors, pendant que

Rosa tricotait en regardant la télévision, Totor faisait la tournée des paysans pour fournir à Vanille les plus beaux fruits et légumes du département. Avec eux, il pouvait parler de la terre, il dispensait ses avis sur les récoltes, les maladies, les traitements, sur ce que valaient les semis, ce que donnait l'agriculture biologique... Ainsi, il était encore un peu des leurs.

Et puis, Vanille et Pierrot, il les avait connus tout pitchounes. Certains étés, Pierrot était venu travailler avec lui dans les champs quand il avait passé l'âge des cachettes dans le ruisseau. Il l'avait toujours appelé « le minot ». Il lui avait appris à tailler la vigne, à engraisser les lapins, à soigner les arbres. Il aurait pu être paysan lui aussi. Totor aurait été fier qu'il embrasse ce noble métier, même si cultiver la terre des autres, c'est bien ingrat... Le vieil homme usé reconnaissait volontiers que Pierrot avait eu raison de partir travailler sur les bateaux – comme sa mère – puisque l'école ce n'était manifestement pas son affaire ! L'important était de se constituer un petit pactole, car le véritable projet de Pierrot était d'acheter une épicerie qu'il tiendrait avec Vanille ! Elle était d'accord.

Après avoir disposé les beaux légumes d'automne sur les rayons devant la vitrine, au pied du flamant rose, Totor entassa les cagettes vides pour les ranger dans sa camionnette qui stationnait sur le trottoir à deux pas de la boutique. Avant de partir, il lança :

— Je peux t'avoir des lapins si ça t'intéresse !

Vanille leva les yeux au ciel en direction de Pierrot.

Planche II

La poule

Elle peut être de luxe, mouillée, blanche ou en chocolat.

On peut attendre qu'elles aient des dents, se lever ou se coucher avec elles, avoir la chair de poule, la bouche en cul-de-poule, ou porter un costume pied-de-poule : pas de quoi s'étonner comme une poule qui a trouvé un couteau !

L'important est de ne jamais tuer celle qui pond des œufs d'or.

En argot, elle désigne une femme, voire une cocotte. Certains polissons leur chantent même à l'oreille : « Viens poupoule, viens poupoule, viens* ! »

Même en bonne mère poule, elle n'empêchera pas ses petits de se faire plumer. Avec un peu de chance, s'ils ne finissent pas au pot, ils deviendront policiers.

Symbole de la France (qui se lève tôt), son mari sonne le réveil quand s'élève son chant. Fier et toujours prompt au combat, il monte facilement sur ses ergots et vous rabat le caquet.

Jean-François Rameau a dédié à la poule une pièce au clavecin et Jean-Sébastien Bach l'a imitée dans une fugue de la sonate en *ré* majeur, BWV 963.

Charlie Chaplin s'est transformé en poule dans son film *The Gold Rush* et Magritte l'a peinte dans le tableau : *Variante de la tristesse* (1957).

Pendant que les enfants chantent : « Une poule sur un mur, qui picotait du pain dur, picoti, picota, la poulette s'envola ! », les sages se posent la seule question qui vaille : qui fut le premier ? La poule ou l'œuf ?

---

* Chanson de Felix Mayol (paroliers : Henri Christine, Alex Trebitsh et Adolf Spahn).

4.

Les mauvaises mères

« Que voulais-tu que je lui réponde ? Totor se démène pour trouver de bonnes choses à manger ! J'inviterai Sam et je ferai un lapin à la moutarde ou aux olives, on aime bien ça en vérité ! Tiens, le voilà ! »

La grande silhouette de Sam, derrière la porte vitrée, venait d'interrompre Vanille. Elle se précipita pour l'accueillir.

— Sam ! Alors, tu as pu apprendre quelque chose ? Entre !

— Je repasserai tout à l'heure, tu as une cliente, là...

— Non, non ! Attends un instant ! Bonjour, madame, c'est tout ce qu'il vous faudra ? Six trente. Merci ! Bonne journée !

Avec une fougue qu'il avait du mal à contenir, Sam reprit :

— Tu ne vas pas le croire ! La mère Gascon n'est pas si folle ! Pétula est bien en ville. Avec Violette ! C'est complètement dingue ! Je les ai cherchées partout pendant si longtemps, et voilà qu'elles reviennent comme ça, au moment où je n'y croyais plus !

— Tu as réussi à les voir ?

— Non, j'ai juste eu la confirmation par plusieurs personnes qui les ont aperçues. Je ne sais pas où elles logent, mais regarde ce que je viens de trouver à l'instant dans ma boîte aux lettres.

— C'est l'écriture de Pétula ! Je la reconnais à sa façon de faire des ronds sur les *i* !

« *Sam,*

Violette voudrait te revoir. Je suis d'accord pour un rendez-vous si tu ne fais pas d'histoires. Si tu préviens les flics, ton avocat, ou qui que ce soit, tu peux tirer un trait définitif sur ta fille. Viens seul au bar de la Madrague à Giens samedi à midi. »

— C'est étrange qu'elle prenne un tel risque ?

— Elle sait très bien que pour retrouver Violette, ne serait-ce qu'un instant, tu serais prêt à tous les compromis. Évidemment que tu vas y aller ! Seul ?

— Bien sûr !

— Fais attention à toi, quand même !

— À mon avis, si elle organise cette entrevue, c'est qu'elle a quelque chose à me demander. Et puis elle a débarqué en ville comme si de rien n'était, elle ne semble pas se cacher.

— Oui, je trouve ça bizarre. Tu te sens prêt ?

— Je ne pense qu'à ça depuis dix ans, Vanille ! Je vais retrouver ma fille ! Et je peux te dire que je ne vais pas la lâcher ! Il faut que je file, j'ai des choses à faire, on se verra plus tard.

— Totor va m'apporter un lapin demain. Les lapins, c'est pour les jours de fête ! Viens dîner à la maison si tu veux, on aura le temps de parler.

— Ça marche ! Je file ! Bisous. Bonjour, monsieur Bruchot, j'ai préparé votre commande. Voilà pour vous. Je le note sur votre compte. Bonjour à votre dame !

— Quelle histoire, mon Pierrot ! C'est fou ! Je me demande ce que manigance Pétula. Je ne crois pas qu'elle agisse par pure générosité. Elle a sûrement une idée derrière la tête. J'espère que Sam ne nourrit pas de faux espoirs. Pourvu qu'elle ne le fasse pas souffrir encore. Elle peut être si cruelle ! Sam n'en parlait plus depuis plusieurs années. Oh ! Je sais bien que cette blessure, même si elle commence à cicatriser, le brûle encore.

Il a toujours fermé le salon la deuxième quinzaine de juin. Il ne choisit pas ses congés au hasard ! Pétula a disparu avec Violette le 21 juin. On est bien placé pour le savoir, toi et moi, puisque c'était le soir de nos noces ! Le jour le plus long. On croyait pouvoir ignorer la nuit et vivre enfin notre vie à deux, inondée de lumière pour toujours... Le solstice d'été, c'était un joli symbole. Nous avions choisi la date pour cela, tu te souviens ? On avait oublié une chose : dès le lendemain, les jours raccourcissent et l'obscurité gagne.

Tous les ans, fin juin, Sam part en Italie, tout seul, un peu au hasard... Il a visité d'abord la Ligurie puisque Gênes était son point de départ, les premières années ; il se limitait à cette région puis, comme il ne la trouvait pas, il a élargi le périmètre : le Piémont, la Toscane, l'Émilie-Romagne, l'Ombrie. Il a arpenté les côtes, les plaines, les volcans, les sommets et les forêts... Cet été, il a fouillé les Pouilles. La seule ville où il n'est pas allé est Venise. Il dit qu'il faut être amoureux pour y aller !

Pour Violette, il n'y croyait plus...

J'aurais bien aimé, moi, que tu m'emmènes à Venise en voyage de noces ! Le Sri Lanka était une drôle d'idée ! Tu as toujours eu de drôles d'idées. Si nous n'étions pas partis le soir même pour notre lune de miel, nous aurions été là pour Sam. Nous aurions peut-être pu éviter tous ces drames.

On ne peut pas refaire l'histoire...

Elle avait quitté la noce un peu plus tôt que tout le monde, elle prétextait vouloir coucher Violette, elle disait qu'elle se sentait fatiguée. Je me souviens qu'elle avait convaincu Sam de continuer à faire la fête avec nous. Comme il s'en est voulu d'être resté ! À mon avis, ça n'aurait rien changé, elle serait partie quand même, à un autre moment, c'est tout... Mais je suis convaincue que tout était planifié depuis longtemps.

Tu ne l'aimais pas beaucoup, Pétula, avoue-le ! Tu avais été bien surpris d'apprendre qu'elle s'était mise en ménage avec Sam.

Pétula était une amie de ta mère. Elles travaillaient ensemble sur les bateaux de croisière. Tu la voyais aussi rarement que ta mère, qui avait pris Pétula sous son aile comme s'il s'agissait de sa propre fille. Tu étais sans doute un peu jaloux de leur relation. Ce n'est pas la peine de hausser les épaules ! Je le sais bien, va... Lorsqu'elle passait toutes ses vacances chez vous, tu t'enfuyais des semaines entières et tu vivais chez nous. Tu clamais haut et fort que ta mère ne te manquait pas, mais le plus douloureux était que tu ne lui manques pas, à elle ! Sa vie était ailleurs, la plupart du temps sur les bateaux, et quelques semaines par an, à courir les boîtes de nuit de la côte avec Pétula. Ton père avait jeté l'éponge depuis longtemps. Il trompait son ennui dans la bière et le pastis et quand sa rage débordait des verres, c'est contre toi que pleuvaient les coups. La seule façon d'y échapper était de n'être pas là.

À plus de neuf heures du soir, maman disait : « Pierrot, tu veux rester dormir ici ? »

Tu ne disais jamais non. On tirait le tiroir sous mon lit et on t'aménageait un petit nid.

Au téléphone, ton père disait que c'était mieux comme ça puisqu'on avait donné ta chambre à Pétula.

Le lendemain, tu la retrouvais parfois affalée dans tes draps à midi passé, épuisée par ses nuits de débauche. Tu cherchais un tee-shirt, un slip propre et un bermuda à tâtons dans le noir, ça sentait l'alcool, la cigarette et un vague effluve de parfum bon marché emmêlé à cette odeur de sueur chaude qui flottait autour de ce corps qui avait trop dansé. Dans la pénombre, tu apercevais un sein lourd, une bouche entrouverte au-dessus d'un fil de salive sur ton oreiller, des fesses nues, un bras. Ta mère expliquait que Pétula avait dix-huit ans et qu'il fallait bien que jeunesse se passe. Celle de ta mère était déjà passée, mais elle s'y accrochait encore désespérément en courant après les mêmes folies que Pétula.

On n'a jamais su si Pétula avait des parents. Ta mère, elle, oubliait simplement qu'elle avait un enfant.

Tu m'as souvent raconté ces étranges visions dans ta chambre de petit garçon, tu vivais cette présence comme une profanation.

Je t'accompagnais ce matin-là, où, sourcils froncés, tu t'es plaint à ta mère de trouver Pétula en train de dormir toute nue dans ton lit et que tu avais tout vu, même son... Je me souviens très bien de ce qu'elle a répondu : « Oh ! Ça va ! Il ne te tombera pas un œil ! Tu as vu son minou ? Eh bien, je te souhaite d'en voir plein d'autres ! C'est comme ça qu'on devient un homme, mon grand ! »

Tu avais dix ans.

Tu as attrapé le petit miroir devant lequel ta mère s'appliquait à passer son rouge à lèvres, fixant son geste minutieux de ses yeux d'émeraude, et tu l'as jeté par terre. J'ai vu tous les petits éclats tomber en pluie sur le carrelage et j'ai entendu la gifle. Pétula est apparue, debout, complètement nue, face à nous, dans l'encadrement de la porte, les cheveux en broussaille, le maquillage tout barbouillé sur son visage. Elle a dit d'un ton très las : « Sept ans de malheur ! »

Je l'ai vu, moi aussi, son...

On a couru. On a couru tant qu'on a pu pour échapper à cette vision, à cette gifle qui brûlait ta joue, pour échapper au malheur.

On s'est caché sous les buissons de la clôture de l'école. Ça sentait bon les petites fleurs blanches. Tu serrais les dents et les poings et moi je laissais couler toutes les larmes que tu retenais.

C'est ce jour-là que je t'ai donné ma plus belle bille : une agate blanche marbrée de bleue de la même couleur que mes yeux. C'était comme si je t'avais donné un œil, le troisième, celui qui était capable de tout voir et de tout savoir à ton sujet.

C'est incroyable que tu ne l'aies jamais perdue ! Elle est dans le tiroir de la table de nuit de ton côté du lit.

Tu conférais à cette simple bille un pouvoir magique. Il suffisait de souffler dessus, de la frotter entre tes mains et tout devenait soudain possible. Tu le jurais en crachant par terre : « Un jour, grâce à elle, je réaliserai mon rêve ! »

J'avais la conscience confuse que ce rêve était complètement fou, mais tu y croyais si fort !

Ce rêve, tu me l'avais raconté un matin sur le chemin de l'école.

Moi, je marchais tout droit sur le trottoir en frottant ma main contre les buissons de pittosporum le long du muret de l'école, saisissant à la volée, du bout des doigts, le parfum sucré des fleurs. Toi, tu virevoltais autour de moi, courant en avant, revenant en arrière, trottinant de-ci de-là, sautant à pieds joints dans la rigole d'eau sale qui coulait mollement le long de la chaussée comme si tu te jetais dans un grand canyon. Les bras en avion, tu tournais sur toi-même pour embrasser tout l'espace.

« J'en ai encore rêvé cette nuit ! C'était incroyable ! Je volais ! Je volais ! »

Moi, à l'époque, je ne rêvais jamais, ou bien je ne m'en souvenais pas... C'était une chance de se rappeler un rêve pareil ! C'était un peu comme si tu avais réalisé un exploit. Tu m'en donnais tous les détails : « Dans mon rêve, je marchais tranquillement dans la rue devant le magasin des Dames de France et puis j'ai commencé à faire ça avec mes bras et j'ai décollé ! »

Tu me montrais un mouvement de brasse, ample et précis, comme nous avait appris à le faire le maître-nageur de la piscine municipale quelques jours plus tôt.

Je te rétorquais que les oiseaux ne volent pas en faisant la brasse et je rectifiais le mouvement sur-le-champ : « Ils battent des ailes comme ça ! »

Mon père était un expert et je me sentais donc en mesure de donner quelques leçons en la matière. J'illustrais mes explications ornithologiques, bras tendus, de bas en haut.

Tu as éclaté d'un rire moqueur en haussant les épaules : « Tu te trompes ! Pour les humains, c'est différent ! »

Tu étais bien placé pour le savoir, tu en avais fait l'expérience toute la nuit.

« On ne nage pas comme les poissons ! Pourquoi on volerait comme les oiseaux ? »

Ta théorie me semblait tenir la route et ébranlait toutes mes certitudes. Peut-être, simplement, personne n'y avait jamais pensé avant toi ! Les humains qui avaient eu l'audace de vouloir voler avaient tous failli dans leur entreprise parce qu'ils avaient voulu imiter les oiseaux, et c'était bien là l'erreur ! Ce n'était pas la bonne technique. Et toi, Pierrot, tu étais bien plus malin qu'Icare !

Je t'observais avec admiration pendant que tu avançais devant moi en formant de larges brasses devant les passants interloqués.

« Et puis j'ai commencé à monter, à monter si haut ! Je sentais l'air dans mon cou et sur ma figure. Je flottais dans le ciel bleu ! C'était incroyable, Vanille ! Je planais comme un aigle royal au-dessus de la ville. Le château était tout riquiqui ! J'avais un peu le vertige, tout était si petit, les voitures, les maisons, les camions… plus petits que des confettis. J'ai volé au-dessus du jardin Olbus-Riquier, des marais salants, au-dessus du port et puis loin, très loin vers le large entre le ciel et la mer. Je volais dans le bleu. »

Et là, tu t'es mis à chanter – un peu faux : « *Volaaaare Oh Oh ! Nel blu dipinto di blu, felice di stare lassù…* »

Tu essayais d'imiter le bel accent italien de ta mère. Elle chantait souvent les refrains de sa jeunesse comme si le temps n'avait aucune prise ni sur eux ni sur elle.

On s'est mis à courir ensemble en poussant des cris de mouettes et en projetant nos paumes en avant, en une nage acharnée jusqu'au portail de l'école. Si nos cartables en cuir n'avaient pas pesé si lourd sur nos épaules, je parie que nous nous serions envolés dans un ciel paré de teintes pastel, comme les bonhommes volants des génériques de Folon.

Puis ce rêve est devenu une obsession.

Tu m'as dit : « J'ai un plan ! »

Et tu m'as exposé ta stratégie pour le réaliser et enfin voler pour de vrai.

Nous avions, cette année-là, un maître d'école à la gouaille pagnolesque qui citait le grand écrivain marseillais chaque fois qu'il voulait nous enseigner les leçons de la vie.

« Tout le monde croyait que c'était impossible. Puis, un jour, quelqu'un est arrivé qui ne le savait pas, et il l'a fait ![*] » nous disait-il pour nous convaincre de nous

* Citation de Marcel Pagnol.

dépasser, affirmant ainsi que la volonté aurait raison de tous les obstacles. Et ce quelqu'un d'assez fou et audacieux, tu as décidé que ce serait toi ! Cet instituteur nous donnait des ailes !

D'après toi, un peu de jugeote et beaucoup d'entraînement et le tour serait joué !

J'étais très fière de faire partie de ton plan puisque tu m'assurais que sans mon aide, tu n'arriverais à rien. Nous sommes allés voir *Peter Pan* trois fois au cinéma pour affiner notre projet. Un jour, toi aussi Pierrot, tu saurais voler et je me trouvais des airs de fée Clochette.

C'est à cette époque que nous avons rédigé les premières pages d'un petit cahier que nous avions intitulé « Plans de vol ». Nous y collions toutes sortes d'images sur les mille façons de voler, les engins expérimentaux les plus farfelus et toute l'histoire des ballons dirigeables et autres montgolfières... Nous y notions toutes nos idées pour élaborer notre plan d'action et régler les moindres détails techniques utiles à sa réalisation.

Nous étions convenus qu'il fallait commencer par quelques expérimentations modestes : un tabouret, quelques marches d'escalier feraient bien l'affaire dans un premier temps. Notre principal souci technique concernait le décollage. Nous pensions qu'une fois cet obstacle franchi, le reste ne serait qu'une formalité : brasser l'air, planer, prendre un virage, de l'altitude. Tout cela nous paraissait bien secondaire au regard de cette difficulté première : s'arracher à la terre.

Nous passions des heures à plat ventre sur l'assise d'une chaise paillée, à exécuter les mouvements de brasse avec les pieds, avec les mains. Il fallait que le geste soit parfait. Nous étions conscients des dangers encourus si l'exercice était bâclé ! C'était la chute assurée.

Sauter trois marches à la fois, puis quatre, voire cinq nous permettait d'expérimenter la propulsion et de nous familiariser avec le vide. Nous avons tremblé parfois, supporté une bosse, des genoux écorchés souvent.

L'air étant l'élément crucial dans notre projet, nous en explorions consciencieusement toutes les manifestations : le souffle, la respiration, l'exercice étourdissant de l'apnée ou d'une vidange complète des poumons avant un saut décisif ou une simple tentative de lévitation.

La première de nos conclusions parmi les plus rationnelles fut que notre allié le plus sûr était… le vent ! Notre chance était de vivre dans une région fouettée par le mistral. Nous recherchions sa complicité à la moindre occasion.

Les jours de grand vent, nous trépignions dans le salon pour que ma mère accepte de nous conduire jusqu'au bord de mer où les rafales étaient si violentes que nous nous sentions à deux doigts de toucher le ciel. Notre piste de décollage favorite était la plage de l'Almanarre, le long de la route du sel. Maintenant, elle est envahie de kitesurf, c'est bien la preuve que nous avions vu juste avant tout le monde !

Nos petits corps légers battus par les bourrasques nous dispensaient de plumes et d'ailes. Emmitouflés dans nos anoraks, nous courrions sur la plage de toutes nos forces, poussés par une force invisible et sonore, bénissant la grosse langue du vent qui léchait notre dos et hérissait nos cheveux. Nos narines étouffaient du trop-plein d'air. Bouche ouverte, nous avalions le parfum de la mer. On y était presque, en apesanteur, propulsés vers le haut, jusqu'à ce que ma mère, recroquevillée dans son manteau, la tête encapuchonnée ne nous rappelle d'un geste ferme : « Allez, les enfants, on rentre ! Vous allez attraper la mort. »

Le plancher vibrant de la deux-chevaux qui bravait le mistral nous ramenait brutalement à notre condition terrestre dans le vacarme du moteur et les relents âcres de l'essence. Abrutis de grand air nous repartions repus et somnolents sur la route du sel couverte de sable blond à laquelle le vent donnait des allures de piste saharienne.

Pour le grand vol, ce n'était que partie remise.

Planche III

Le coucou

Seul le coucou suisse est vraiment ponctuel, précis et fiable.

Cet oiseau de l'ordre des cuculiformes se moque bien des conventions et de la morale !

C'est un oiseau volage. Les mâles sont polygames, et les femelles polyandres, ce qui signifie que les mâles autant que les femelles papillonnent avec qui ça leur chante.

Voici l'explication de l'origine du mot « cocu » !

La femelle coucou, de petite vertu, est aussi une mauvaise mère. Elle ne fait jamais son nid elle-même, et dépose ses œufs dans le nid d'autres oiseaux, en espérant peut-être tomber par hasard sur le bon père...

Des familles d'accueil improvisées se chargeront d'élever sa progéniture.

Que ce soit en matière d'amour ou de gastronomie, le coucou n'est pas très regardant. Il se nourrit de vers de terre ou de lombrics et c'est la seule espèce capable de digérer les chenilles avec les plus longs poils urticants.

On parle d'« œil de lynx », mais on pourrait tout aussi bien dire « œil de coucou », car ces oiseaux sont dotés d'une vue extrêmement perçante, à tel point qu'ils sont capables de repérer la tête d'un ver de terre jusqu'à 20 mètres.

Le coucou se sent partout chez lui et n'a pas de lieu de vie de prédilection. On peut le trouver tant en forêt qu'à la montagne (jusqu'à 2000 mètres d'altitude), ou dans nos jardins. On entend alors son cri si caractéristique, le fameux « cou-cou », qui permet au mâle d'attirer la femelle.

C'est sa façon de dire : « Je suis là ! »

5.

Ce qui se raconte…

C'était comme si une hirondelle perdue avait cisaillé, en un éclair, le ciel de l'automne ! La promesse d'un printemps agitait toute la rue. Tout emmitouflées dans leur manteau de laine et leur curiosité, les commères venaient rôder, comme portées par le hasard, autour du salon de coiffure de Sam. Vanille les observait du pas de la porte, bras croisés, sourire discret. Elle s'amusait de voir leur petit manège : hop ! Un petit coup de peigne en vitesse et une mine d'informations à partager sur le marché. Il y avait là les sœurs Agfa (qui n'avaient rien à voir avec les pellicules photo, mais qui imprimaient toutes les informations utiles à la conversation du quartier), la fleuriste de la boutique *La Palme d'or*, toujours impeccable, qui teignait ses cheveux en blond et se coiffait comme Grace Kelly, il y avait mademoiselle Boilleux au bout de la laisse de son chien Magnum qui frétillait à l'idée d'un possible bonheur à venir.

« Il paraît que la petite est de retour ! Quelle histoire ! »

Pourtant, personne ne l'avait vue, mais tous connaissaient quelqu'un qui pouvait mettre sa main au feu que c'était bien elle qu'on avait aperçue, au bras de sa mère, une fois au jardin botanique, une autre au port, l'autre encore en promenade au château. Et tout ça, dans la même journée !

« Pas plus tard qu'hier !

— Elle n'a pas changé, à ce qu'il paraît. »

Pas d'erreur possible, une enfant brune avec de grands yeux verts et une toute petite bouche en cœur, à côté de Pétula (qu'on trouvait toujours aussi vulgaire, au passage).

« Oui ! Avec des couettes !

— Pétula avec des couettes ?

— Non, la minotte ! »

On avait même décrit la poupée « grande comme ça » qu'elle serrait entre ses bras.

« Elle n'est pas partie pour rien, Pétula ! Il a des sous, son nouveau mari. Un Italien, avec le bateau, la chevalière en or, et tout ce qui va avec... Ni tout jeune, ni très beau, mais Pétula n'a jamais été trop regardante.

— C'est sûr que la petite n'a sûrement manqué de rien !

— Sauf de son père ! Pauvre homme ! Ça m'a toujours fait mal au cœur de le voir traîner son chagrin au salon.

— C'est pour ça que j'ai fini par aller me faire coiffer ailleurs ! Je ne paye pas pour contempler une tête de six pieds de long ! »

La compassion ne dure qu'un temps, les gens s'agacent vite du malheur des autres. Vanille en savait quelque chose. C'est pour cela qu'elle et Pierrot avaient préféré rester discrets. Ce qui pesait sur le cœur n'était jamais évoqué qu'entre eux, quand la boutique était vide, quand la nuit couvrait la réalité de son voile pudique et qu'elle se retrouvait enfin seule avec lui, dans sa cuisine ou dans son lit. Le reste du temps, on n'évoquait rien d'autre que des choses banales, des souvenirs d'enfance, des tracas quotidiens, de ceux qui ne dérangent pas les voisins et n'alimentent pas les ragots de la clientèle.

Du drame, il n'était jamais question. Comme s'il n'avait pas existé. Comme si la vie avait repris son cours, l'air de rien.

C'est même pour cette raison que certains disaient de Vanille qu'elle était un peu bizarre. Mais de leur pitié elle ne voulait pas. Alors elle souriait, comme si de rien n'était, et, le doigt sur la bouche, elle ordonnait à Pierrot de se taire quand entrait un client. Il reprenait sa place contre l'étagère à bonbons au fond du magasin, dans la pénombre. Il s'effaçait. Vanille se mettait à chanter comme toujours et elle s'activait, toute dévouée à son métier.

Après, elle lui raconterait. Toute cette effervescence ! Ce n'était pas un jour de marché ordinaire. Dans une heure, Sam fermerait le salon et partirait seul au rendez-vous. Vanille avait bien proposé de l'accompagner mais Sam ne voulait rien compromettre : « Elle a dit que je devais venir seul. »

Comme il devait être impatient ! Et fébrile aussi ! Et il n'y avait jamais eu autant de monde au salon ! Pourtant, il n'avait rien dit, sauf à Vanille. Et elle savait garder les secrets. Mais le comportement de Sam en avait intrigué plus d'une.

« Il a fermé boutique en pleine semaine, c'est madame Gascon qui m'a raconté l'affaire ! Et aujourd'hui, il ferme encore à 11 heures ! Un samedi ! Je vous dis qu'il se trame quelque chose !

— Il a la tête ailleurs, c'est sûr ! Regardez ce qu'il m'a fait ! pestait une sexagénaire fort élégante en tirant sur son brushing.

— Des mèches roses ? C'est vous qui lui aviez demandé ?

— Jamais de la vie ! J'avais dit : auburn ! Je n'ose pas imaginer ce que va dire mon mari... »

Sûr que le vieux général en retraite en resterait interloqué !

« Il perd la boule, le coiffeur ! Comme sa voisine l'épicière ! Ça ne tourne pas rond là-dedans. À croire que quelques fantômes rôdent pour les faire tourner en bourrique ! »

Vanille fit semblant de n'avoir pas entendu. Entre la circulation sur l'avenue, le vent qui s'était levé et les clameurs du marché, elle pouvait faire illusion et garder sa contenance, debout sur le seuil de son magasin déserté. Elle tourna les talons et rentra retrouver Pierrot, fidèle au poste.

Dans la boutique mitoyenne, Sam encaissait la dernière cliente. Il baissa son rideau de fer derrière elle. Un petit coup d'œil dans le miroir. De quoi avait-il l'air ? Un homme meurtri, un père blessé ? Est-ce que sa fille serait encore capable de l'aimer, après toutes ces années ? Ou de le reconnaître, tout simplement ? Il avait vieilli. Les traits plus sévères qu'autrefois, le désespoir ayant ridé son visage. Il interrogeait son reflet. Mais les miroirs ne répondent jamais. Ils vous regardent avec le même air étonné que celui que vous leur adressez. Sam passa la main dans ses cheveux pour ranger sa mèche au-dessus du front. Oh ! Bien sûr, il n'était plus question de plaire à Pétula, ça, c'était une affaire réglée ! Pour elle, il ne restait qu'une colère acide qui lui brûlait l'estomac. Il tâcherait de sourire, pour la petite. Il ne faudrait rien gâcher de cet instant et saisir cette occasion comme un cadeau du ciel. Au-dessus des aigreurs qui remontaient du fond de son ventre, tambourinait un cœur impatient, comme un retour à la vie après dix ans de mauvais rêves.

Un peu moins d'une heure plus tard la sonnerie du téléphone fixe retentit.

« Au Flamant rose, j'écoute ?

— Vanille, c'est moi, Sam !

— Sam, tout va bien ? Tu as pu voir Violette ?

— Oui, mais les choses ne se sont pas déroulées comme prévu.

— Qu'est-ce qui se passe ?

— Viens me rejoindre, tout de suite si tu peux. Oui, je crois que ce serait mieux que tu viennes. Tu parles italien, il me semble ?

— Un peu. Enfin, si on veut...

— J'ai besoin de ton aide.

— J'arrive, évidemment ! »

Il était presque midi et le marché tout proche avait raflé comme toujours la clientèle du samedi matin. En refermant la porte vitrée, Vanille jeta de sa bouche à ses doigts un baiser furtif en direction de Pierrot.

« Je file ! » annonça-t-elle en lui tournant le dos.

Le flamant rose dans la vitrine continuerait de clignoter pendant son absence, comme une présence bienveillante et régulière. Le grand échassier veillait sur la boutique, avec Pierrot.

Dans son rétroviseur, les palmiers de l'avenue rapetissaient doucement, Vanille roula tout droit face à la gare, puis tourna machinalement à gauche en direction de la presqu'île, vers le port et les marais salants. Elle y allait parfois au coucher du soleil pour regarder les flamants roses, et elle bavardait pendant des heures avec Pierrot, de tout, de rien. Ils y allaient à vélo à la belle saison, comme autrefois, lorsque Vanille pédalait de toutes ses forces pour rejoindre son père et que Pierrot s'accrochait à sa taille, les fesses talées par les à-coups du porte-bagages. C'était avant ses quatorze ans et sa mobylette. Ils passaient par la route du sel, abandonnaient la bicyclette contre un monticule de sable et s'enfonçaient dans les roseaux à la recherche de Wilhem, tapis dans les buissons avec son téléobjectif ou ses jumelles. Le savant, concentré à sa tâche, se retournait en fronçant les sourcils, un doigt sur la bouche. Alors, Vanille et Pierrot se tenaient raides, immobiles, rois du silence, jusqu'à ce qu'éclate un petit rire insolent et que s'envolent, en un instant, poules d'eau, hérons et flamants.

Il était rare que Vanille s'aventure dans le secteur des marais salants en pleine journée. Ce n'était pas l'heure la plus favorable pour observer les oiseaux. Il était presque midi et Sam l'attendait. Elle allait revoir Violette et Pétula. Cette perspective la réjouissait autant qu'elle l'inquiétait. Qu'allait-on se dire après toutes ces années ? Que savait Pétula au sujet de Pierrot ?

Elle resta bloquée de longues minutes derrière un camion qui déchargeait des palettes de ciment.

Les feux rouges et les embouteillages sont toujours des lieux propices à la réflexion. Vanille sentait une forme de hâte la gagner. Mais pourquoi Sam lui avait-il demandé de venir ? Avec qui devrait-elle parler italien ? Et si, par malheur, elle devait négocier quelque chose avec un truand…

Puisque le déchargement du camion s'éternisait, elle repassa en mémoire ce qu'elle savait de mieux dans cette langue. Ne lui revinrent à l'esprit que les paroles maintes fois chantées de la Traviata : « *Di quell' amor, quell' amor ch'è palpito, dell'universo, dell'universo intero, misterioso, misterioso altero, croce, croce e delizia, croce e delizia, delizia al cuor**… »

Mais cela suffirait-il à attendrir un cœur mafieux ?

Elle en était sûre, Sam ne pouvait se contenter d'une simple entrevue de quelques minutes dans un bar après dix ans et laisser repartir la petite comme ça. Vanille se doutait bien que la situation risquait de dégénérer. Elle l'avait dit à Pierrot.

À cette saison, il n'y avait pas grand monde à La Madrague. Hyères était une station balnéaire qui s'ennuyait un peu dès qu'arrivait l'automne. Les vieilles personnes, venues là pour couler une retraite

* « Cet amour qui est le pouls de l'univers, mystérieux, mystérieux et fier, torture et délice, torture et délice, délice du cœur ».

tempérée, se contentaient d'une promenade digestive dans les espaces verts du centre de la ville. La presqu'île redevenait sauvage d'octobre à mars. Sur le parking du bar qui se limitait à un terrain vague mangé par la végétation et semé de quelques détritus offerts aux aléas du vent, une seule voiture était garée : la Peugeot de Sam.

Vanille frissonna. Et si la petite était déjà repartie... Satané camion qui lui avait fait perdre de si précieuses minutes !

Au moment où Vanille sortit de sa voiture, elle aperçut Sam qui guettait son arrivée, sur le seuil du bar. Il était livide.

Planche IV

L'hirondelle

Les plus chagrins (à l'instar d'Aristote) vous diront qu'« une seule hirondelle ne fait pas le printemps ». Pourtant, ce petit oiseau vif et curieux annonce bien le retour des beaux jours !

L'hirondelle porte l'espoir d'un renouveau.

« L'espérance vertueuse va vite : elle possède les ailes de l'hirondelle », c'est Shakespeare qui le dit !

Et ce proverbe portugais nous fait croire à un bonheur possible au-delà des tristesses : « Ce n'est pas parce qu'une hirondelle meurt que le printemps est fini. »

L'hirondelle a une vocation poétique. Sur les dessins d'enfants, devant un soleil en coin, passent souvent quelques V^{v} d'hirondelles. Jules Renard, quant à lui, voyait dans l'accent circonflexe l'hirondelle de l'écriture.

Autrefois, cape au vent et casquette sur la tête, les policiers de la brigade des Hirondelles sillonnaient Paris à vélo, en jouant du sifflet.

Mais quand les soldats du roi, coiffés du tricorne noir, en habit bleu et culotte blanche, se livraient aux rapines, on leur promettait la bastonnade :

« Qu'est-ce qu'elle a donc fait
La p'tite hirondelle
Elle nous a volé
Trois p'tits sacs de blé
Nous la rattrap'rons
La p'tite hirondelle
Et nous lui donn'rons
Trois p'tits coups d'bâton ! »

6.

Les yeux menthe à l'eau

« Oh, Pierrot, si tu l'avais vue ! Un petit moineau tombé du nid. Elle était si apeurée... Sam était pétrifié. Évidemment, elle avait changé, ce n'était plus la petite fille d'autrefois. Sans ses grands yeux verts, je ne l'aurais pas reconnue. Elle a treize ans, tu sais, c'est presque une jeune fille. Mais elle est toute menue, longiligne, comme sa mère, mais elle se tient un peu voûtée, comme si elle avait grandi trop vite.

Elle était seule dans le bar, assise à côté de sa valise, sur une banquette dans le fond, derrière un grand verre de menthe à l'eau avec une paille.

Sam ne savait plus quoi faire. Il me dit qu'il avait tenté de la prendre dans ses bras, mais qu'elle ne voulait pas. Il lui parlait, mais elle ne répondait pas : "Où est ta mère ? Qui t'a conduite là ? D'où viens-tu ? Réponds-moi ! Tu sais que je suis ton père ! Depuis quand attends-tu là ? Violette, tu me reconnais ?"

Violette avait l'air terrifiée. C'est le patron du bar qui a répondu : "Ils l'ont déposée en voiture dans la matinée. Ils m'ont juste dit de garder un œil sur elle, que quelqu'un viendrait la chercher. Il y a des plombes ! Les gens sont gonflés ! Y a pas marqué 'babysitter', ici ! Et puis la menthe à l'eau n'a pas été réglée... C'est la gosse qui me l'a commandée, mais je vous préviens, elle ne parle pas français. Mais bon, '*menta, menta*', je suis pas con, j'ai compris ! Ça fait 2,30 euros. Remarquez que je vous fais pas payer le baby-sitting ! Vous prenez quelque chose, messieurs dames ?"

Sam a payé la menthe, mais on n'était pas là pour se taper l'apéro. Il m'a dit : "Essaye de lui parler, toi !" Lui, il avait épuisé tous les mots d'italien qu'il avait appris chaque été depuis dix ans qu'il la cherchait, son aiguille au cœur, dans cette immense botte de foin.

Moi, j'ai bien vu que la petite n'avait pas besoin de mots, il fallait la rassurer avant tout. Tu sais ce qui apaise les oiseaux affolés ? Entendre chanter. La première chose qui m'est venue à l'esprit devant ses yeux écarquillés et son sirop d'émeraude c'est cette chanson d'Eddy Mitchell. Alors je me suis assise tout doucement en face d'elle et j'ai chanté : "Elle en faisait un peu trop, la fille aux yeux menthe à l'eau... Perdue dans sa mégalo, moi j'étais de trop..."

Oui, c'était la chanson préférée de ta mère ! Paix à son âme. C'est la seule qui m'est venue à l'esprit.

Et là, tu ne devineras jamais ce qu'il s'est passé ! Son visage s'est soudain éclairé et Violette a souri ! Un large sourire offert sur un appareil dentaire. Mais c'est ce qu'elle a dit qui nous a sidérés Sam et moi !

Elle a dit "Mirella" ! Le prénom de ta mère ! J'ai tout de suite pensé que Pétula devait lui chanter la chanson en souvenir de ta mère. C'était en, quelque sorte, un peu la sienne aussi. Elles étaient si proches ! Finalement, Pétula n'était peut-être pas un monstre, elle entretenait la mémoire des gens qui avait compté pour elle. J'espérais secrètement qu'elle en avait fait de même avec Sam. Mais non ! Violette ne parle même plus le français : dix ans en Italie sur une vie qui n'en compte que treize... Et même sa langue maternelle est effacée. J'avais oublié le néerlandais en moins de temps que cela ! Mais c'est une autre histoire... Pourquoi Pétula ne lui a-t-elle plus parlé français ? Pourquoi avoir nié son histoire, tout le passé, et son père ? Il y a des choses que je ne pourrai jamais pardonner.

Bref, la chanson a brisé la glace et Violette m'a tendu l'enveloppe. Une enveloppe en papier kraft.

C'est moi qui l'ai ouverte, mais je l'ai immédiatement donnée à Sam, car il y avait son nom en en-tête. Il a lu à haute voix : "Sam, c'est ton tour, moi je n'ai pas la patience et je suis souvent absente. Mirella est morte. Pour moi, c'est devenu compliqué. Je sais que Pierrot et Vanille sauront t'épauler, et puis c'est ce que tu as toujours voulu, n'est-ce pas ? Violette est à toi."

Elle abandonne sa fille ! Voilà ce que j'ai compris instantanément. Sam était sous le choc, il n'a pas réagi. Elle est folle ! Elle est folle ! Elle a écrit : "Mirella est morte" avec son habituel petit rond sur le prénom de ta mère. Bien sûr que Mirella est morte ! Elle est morte quelques mois avant la naissance de Violette ! Juste avant ton incarcération. Le procès n'avait pas encore eu lieu. Elle est morte là où elle a toujours vécu : loin des siens, en mer. Pétula était enceinte, mais elle avait quand même fait cette dernière croisière sur le yacht privé d'un milliardaire. Elle disait : "Ce sera mon dernier salaire, après je me range." Sam l'avait laissée faire, comme toujours, et elles étaient parties toutes les deux, Pétula et ta mère qui envisageait aussi de prendre sa retraite. Elles avaient l'air de deux gamines en train de comploter, alors qu'il se passait des choses graves ici. L'enquête venait d'être ouverte, tu avais déjà fait deux gardes à vue, et elles ne pensaient qu'à leur liberté, à l'argent et à voyager… Finalement, la croisière avait tourné court. Un accident, avait dit Pétula au téléphone depuis une île grecque. Cette fois, Mirella avait largué les amarres pour de bon. Noyée. Je me souviens de la réaction de ton père quand les gendarmes étaient venus l'informer. Il avait dit : "Noyée, ça m'étonne d'elle ! Mirella est un poisson, elle a toujours nagé entre deux eaux. C'est un comble !" Et toi, tu n'as même pas pleuré. Mirella était simplement absente, comme toujours. »

Elles avaient menti toutes les deux, encore une fois !

Elles se cachaient en Sicile et Violette avait grandi auprès de Mirella, dont la mort n'était qu'une mise en scène…

7.

Violette

Les robes de Pétula, dans des cartons qui prenaient la poussière depuis dix ans, les peluches bien alignées sur le couvre-lit rose dans le petit lit surmonté d'un ciel d'étoiles, un paquet entamé de Royale menthol extra-longues jeté sur le buffet, une couverture polaire à l'effigie de Bambi sur le canapé du salon, un vernis à ongles séché dans son flacon sur une étagère... Sam n'avait rien troublé de ces dix ans de savante immobilité qui régnaient sur l'appartement. Lorsque Violette pénétra dans le sanctuaire, ce fut comme une trop grande Alice au pays des merveilles qui se cognait contre les murs. Intriguée, elle observa les vestiges d'une enfance oubliée, les reliques de sa mère. Il y avait une photographie d'eux trois en couleur dans un cadre en argent au-dessus du buffet de la salle à manger. Elle la contempla longuement. Cette famille-là lui était étrangère. Elle se retourna pour jeter un regard furtif à Sam, afin de vérifier : était-ce bien l'homme de la photo, celui qui était venu la chercher dans le bar de La Madrague, son père ?

Violette ne reconnaissait réellement que sa mère sur ce cliché, et ses propres yeux qui la contemplaient au milieu du visage d'une fillette qui n'était plus elle. Mais qui était donc la nouvelle Violette ? Celle qu'on venait d'abandonner sur la banquette en skaï d'un bar à touristes, hors saison ? Une adolescente un peu gauche, qui pleurait la mort de Mirella, celle qui l'avait élevée dans sa petite ville de Sicile, au bord de la mer. Elle se souvenait d'avoir réclamé « papa », longtemps, même après que son visage se fut effacé, c'était comme une douleur qui ne guérissait pas, mais dont elle avait oublié l'origine. Mirella l'avait bercée, couverte de baisers, et le soleil de Sicile avait séché ses larmes. À présent, devrait-elle réclamer « maman » ? Sûrement pas ! Elle avait vu Pétula plusieurs fois la première année, mais elle n'en avait presque aucun souvenir puis les visites s'étaient espacées au point que Violette l'effaçait peu à peu de sa mémoire. Elle revenait parfois comme un fantôme à qui il était impossible de dire « maman ». Alors elle l'appelait « Pétu » en prononçant « Pétou », comme Mirella qui semblait l'aimer beaucoup sa « Pétou ». Elle la considérait comme sa fille et lui reprochait ses trop rares visites.

« La petite a besoin de toi, Pétou ! Tu ne devrais pas la laisser si longtemps ! »

Pétula riait aux éclats.

« C'est toi qui vas me donner des leçons de maternité, Mirella ? Tu l'as élevé, toi, ton Pierrot ? Tu étais là quand il avait besoin de toi ? »

Mirella secouait la tête en pestant. Elle avait suffisamment de reproches à se faire à elle-même... effectivement, elle était mal placée pour lui expliquer comment devait se comporter une mère. Elle essayait de se convaincre que, pour elle, cela avait été différent, qu'il fallait bien gagner sa vie, qu'elle était jeune et qu'elle payait assez cher ses erreurs. Elle se punissait dans son exil. Désormais, elle n'avait plus personne d'autre à aimer que cette enfant. Alors, elle ne disait rien et prenait Violette sur ses genoux pour essayer de réussir ce qu'elle avait raté avec son fils. Elle lui chantait des berceuses italiennes et parfois, quand la nostalgie brûlait son cœur, elle lui fredonnait ce qu'avait été sa vie, en français : « La fille aux yeux menthe à l'eau a rangé sa mégalo, et s'est soumise aux yeux noirs couleur de trottoir. »

Violette se blottissait contre son cœur battant et caressait sa joue. Leurs deux solitudes formaient une forteresse où il faisait bon vivre. Elles ne parlaient plus que l'italien entre elles et à l'école, comme les enfants du quartier avec qui Violette jouait tous les après-midi au milieu des escaliers devant la cathédrale et dans les ruelles de Cefalù dès qu'elle avait eu la permission de Mirella de s'éloigner un peu de la maison. Elle promettait d'être prudente, de ne suivre aucun inconnu qui tenterait de l'amadouer. Mirella l'avait bien prévenue, le monde est plein de dangers ! On n'était en sécurité nulle part.

En dix ans, il ne s'était rien passé de grave. Quelques écorchures aux genoux, un ou deux mensonges pour se tailler sa part de liberté, quelques mauvaises notes en calcul mental… Mais personne n'était venu l'enlever aux bras de Mirella, à leur petite vie paisible. Violette n'avait jamais trop cherché à savoir d'où elle venait, quelle était son histoire. Elle avait simplement pris l'habitude d'appeler Mirella par le doux nom de « Nonna* », parce que c'était plus simple et qu'on se fichait bien de savoir s'il y avait entre elles un vrai lien de parenté. Après tout, Mirella avait aimé Pétula comme si elle était sa fille, elles avaient tout vécu ensemble : les ménages sur les bateaux de croisière, puis les services sur les yachts privés. Elles avaient vécu comme des oiseaux sur la branche, puis ensemble encore, elles s'étaient offertes aux liaisons tarifées, à l'alcool, à la drogue, à l'argent facile. Tout avait basculé imperceptiblement du ciel aux enfers dans le monde des requins, des chacals et des loups, jusqu'au hold-up de Monaco. Et c'est Pierrot qui avait payé les pots cassés.

Mirella s'en était voulu, parce qu'elle n'avait pas su se comporter autrement que de façon malhonnête et lâche. Elle avait fui. C'était si facile. Sur ses faux papiers, Violette était sa petite fille. Personne ne pouvait en douter, elles avaient les yeux du même vert, cette coïncidence valait tous les passeports. Sa cavale lui donnait une famille pour remplacer celle qu'elle avait abandonnée. Elle était revenue dans sa Sicile natale, vers une vie rangée et discrète où elle tentait d'expier ses fautes. Sa part sur le butin du cambriolage assurait pour elles deux une vie simple et enfin « honnête ». En Sicile, on ne

* Grand-mère en italien.

posait pas de questions. Personne ne voulait savoir quel secret entourait leur arrivée dans le quartier. Mirella était bien italienne et parlait parfaitement le dialecte local. Elle était une des leurs. Ses voisins ne demandaient jamais à quoi elle pensait lorsqu'elle s'asseyait sur les marches d'escalier devant sa porte, lèvres closes, son regard d'émeraude perdu vers ailleurs.

La petite Violette avait grandi avec les gens du quartier comme l'une des leurs. Sans eux, qui aurait pris soin d'elle le jour où Mirella s'était effondrée au marché, foudroyée par ses abus et sa culpabilité ? Son cœur avait lâché. D'un balcon à l'autre, d'une place à un café, on avait eu vite fait de savoir qui contacter pour retrouver Pétula. En attendant son retour, la gamine avait veillé « la Nonna » avec les pleureuses de la paroisse. On avait enterré Mirella à quelques kilomètres de ses ancêtres. Ceux qui n'avaient pas quitté leur terre pour tenter la fortune en Amérique, au Chili ou en Provence.

Violette était à nouveau orpheline. Ainsi, quand Pétula lui avait offert de retourner chez son père, elle avait dit oui sans réfléchir, parce qu'il lui semblait qu'elle n'avait nulle part où aller. Alors s'il voulait bien d'elle…

Face au petit lit où il était désormais impossible qu'elle s'étende, Violette était enfin rentrée chez elle, entre un père inconnu et une voisine dévouée qui tentait de lui parler dans un italien maladroit d'un autre siècle, aux accents lyriques.

Planche V

La grue

Les grues, on les appelle aussi belles-de-nuit, catins, courtisanes, filles perdues, dames de petite vertu, pouffes, cagoles…

« Bien que ces vaches de bourgeois
Les appellent des filles de joie,
C'est pas tous les jours qu'elles rigolent […]
Car même avec des pieds de grue,
Faire les cent pas le long des rues,

C'est fatigant pour les guibolles* ! »

* « La complainte des filles de joie », Georges Brassens/Joël Favreau © Universal musicPublishing Group.

8.

Suivre sa voix

« "Un bateau, deux bateaux, trois bateaux s'en vont chantant. Griffant le ciel à coups de bec, un oiseau, deux oiseaux, trois oiseaux font du beau temps*..."

Une originale ! Voilà ce qu'ils disent de moi ! Je les entends, va... Tu les entends, toi aussi ?

"Elle parle à son chat ! C'est une originale ! Elle chante toute la journée, elle est un peu timbrée."

Je m'en fiche pas mal. Et puis, tu es d'accord avec moi ? "Originale" : ça n'a rien d'une insulte ni même d'un reproche. C'est plutôt une qualité d'être original ! Tu ne trouves pas ? Je revendique mon originalité ! Timbrée, je le prends comme un compliment : un joli timbre de voix, ce doit être pour cela...

Il est vrai que je parle à mon chat, et alors ? Il comprend tout, ce chat ! Il est un peu peureux et ma voix le rassure. Si tu arrêtais de lui faire peur, aussi ! On dirait que ça t'amuse.

---

* Les enfants du Pirée.

Mon beau Pompon, il t'embête, mon Pierrot ! Là, viens ici ! Que tu es beau, mon chat ! Il ne faut pas avoir peur ni de Pierrot, ni des enfants, ni des oiseaux... Bien sûr, tu crains les goélands, il y a de quoi, je t'assure, ils font deux fois ta taille et une de ces envergures avec ça ! Ils volent les beignets aux touristes sur la plage et pourraient bien t'emporter dans les airs, mon chaton. Moi, je sais ce qui te plaît : les caresses, Dalida et l'opéra, tu n'es pas un chat ordinaire. Tu es un chat original ! Comme moi !

Dans cette boutique, c'est France Musique ou même l'Opéra Bastille ! Ce chat est un mélomane ! Toi, Pierrot, au début tu faisais la grimace. Maintenant, tu t'y es fait. Je te soupçonne d'aimer ça, même si tu n'accepteras jamais de le reconnaître ! Du moment que tu ne m'en empêches pas... cela me va. Si je ne passe pas ma vie sur des planches d'opéra, c'est pour toi, Pierrot, par amour pour toi. Alors c'est bien la moindre des choses que tu me laisses faire ce qu'il me plaît dans cette épicerie. Les gens, ça les étonne toujours un peu, enfin les clients de passage... Les habitués le savent bien que je suis une originale !

C'est vrai que c'est l'opéra qui nous a séparés au début. Il paraît que j'étais douée...

Moi, je chantais surtout pour faire plaisir à ma mère. Ça lui changeait les idées. Le mercredi après-midi, elle m'emmenait à l'église Saint-Louis. Et elle me demandait de chanter pour Hortense. Elle disait que, dans les églises, on était plus près du ciel et que d'ici Hortense pourrait m'entendre. Alors je chantais très fort pour que ma voix monte jusqu'à la voûte ; Hortense pouvait bien faire le reste du chemin ! Je connaissais par cœur les morceaux que nous écoutions en boucle à la maison. J'avais un peu l'impression qu'Hortense s'en fichait, car j'avais beau m'égosiller, elle n'a jamais donné aucun signe. J'ai pensé qu'elle aurait peut-être préféré que je chante les titres qu'elle aimait bien, ceux de ses chanteurs préférés, comme Dave ! Mais comme maman aimait l'opéra et qu'Hortense semblait ne pas entendre, je continuais avec *Tosca*, *La Traviata*, *Norma*... Maman avait presque l'air d'être heureuse dans ces moments-là. Je voyais ses yeux briller et son visage s'éclairer devant les cierges. Elle priait et elle m'embrassait les joues avec une reconnaissance qui me comblait de joie. Je croyais que le parfum du bonheur, c'était l'encens et la cire. Et puis je dois avouer que j'adorais chanter dans cette église : ça résonnait tellement bien ! Presque aussi bien que dans les cabinets du rez-de-chaussée ! C'est un de ces mercredis que Monsieur Bauer est venu parler à maman. Il était professeur de chant à Paris. En vacances sur la côte avec sa femme, il visitait l'église au moment de mes vocalises. J'entonnais la reine de la nuit dans *La Flûte enchantée*. Sûr que ça pouvait épater Hortense ! On n'a jamais su... Mais maman a dit que la rencontre avec Monsieur Bauer était un signe d'Hortense. J'avais un peu de mal à le croire, Monsieur Bauer ressemblait à un hibou, c'était un baryton bedonnant, aux cheveux d'argent avec de tout petits yeux au fond de ses lunettes sous des sourcils en accent circonflexe. Lucienne, sa femme portait un chignon blond très serré et un teckel haletant dans les bras. Il s'appelait Valdy et il sentait mauvais. J'ai joué avec lui pendant qu'ils parlaient à maman sur le parvis de l'église. Maman a gardé longtemps la carte de Monsieur Bauer dans son porte-monnaie. Pendant des années ! Je la voyais entre les petits soufflets de toile, au milieu des pièces de monnaie, chaque fois qu'elle m'envoyait chercher le pain. Elle lui a parlé plusieurs fois au téléphone, elle disait : "Vanina est encore jeune, vous comprenez ! Et ce serait trop difficile de nous séparer d'elle !" Je ne comprenais pas bien comment Hortense aurait pu avoir l'idée de nous envoyer ce gros hibou qui envisageait de me séparer de maman... Pourtant, c'est à cette époque que j'ai commencé à prendre des cours de chant au petit théâtre Denis pendant que les copines allaient à l'école de danse classique. Leurs tutus me faisaient rêver ! On m'avait laissé chanter comme soliste, sur l'avant-scène, pendant un de leurs ballets. J'étais si fière. Papa avait applaudi debout. Et il m'avait serré dans ses bras à la sortie. Je ne l'avais jamais vu si expansif ! Je crois bien que ce fut la seule fois. Tu te souviens, Pierrot ? Tu étais venu à la représentation. Tu t'étais moqué, je le sais. Tu trouvais ça "cul-cul" !

À cette époque-là, il n'y a que deux choses qui t'intéressaient : les mobylettes, et m'embrasser. À quatorze ans, les garçons se moquent bien de l'opéra ! Je ne t'en ai pas voulu, va... Et le lendemain, on a passé la journée aux marais salants allongés dans les roseaux à se manger les lèvres. La vie était si belle !

C'est à la fin du collège que papa et maman se sont agacés de ta présence un peu trop envahissante à leur goût. Tant que tu étais un enfant, tu leur paraissais inoffensif, mais depuis que ton corps devenait celui d'un homme et que tu laissais traîner tes mains sur moi, ils ont commencé à trouver que ta mère avait mauvais genre, que ton père était un ivrogne, et puis ils s'inquiétaient de l'influence de cette Pétula fardée comme une grue. Ils ont remis un peu d'ordre dans nos vies, au moins pour ce qui concernait les nuits : c'était chacun chez soi. Mais nous nous retrouvions à chaque instant de liberté. Tu caressais mon visage, j'enfonçais mes doigts dans tes cheveux et nous restions, de longues heures, enlacés dans les cafés, sur les bancs du jardin Olbus Riquier ou dans la cabane aux oiseaux que mon père avait installée au fond du jardin et qui nous servait de refuge secret depuis l'enfance.

Je t'ai toujours aimé, Pierrot. Même le jour où j'ai accepté de partir.

Quand j'ai revu Monsieur Bauer, il n'avait plus de cheveux et Valdy était mort. Mais c'est grâce à lui que je suis entrée au conservatoire de Paris et qu'avec la musique j'ai aussi appris l'italien ! Si c'est bien Hortense qui a envoyé Monsieur Bauer dans ma vie, c'est donc grâce à elle que j'ai pu traduire à Sam tout ce que nous a raconté Violette aujourd'hui ! Tu vois, tout a un sens, une direction.

Elle comprend assez correctement le français, je te l'ai dit, mais elle ne nous a parlé qu'en italien depuis ce matin. Elle est un peu effarouchée. On le serait à moins. Sam est complètement déboussolé. Il a appelé son avocate pour lui expliquer la situation.

Je lui ai dit qu'il pouvait compter sur nous, bien entendu. Le clic-clac est une solution provisoire. Je lui ai dit qu'il pouvait le garder, nous n'en avons pas l'utilité.

Ça débarrasse la chambre d'amis. Aucun n'est jamais venu dormir ici, de toute façon...

Sam a promis à Violette qu'il allait lui faire une chambre d'ado et qu'elle pourrait la décorer comme elle voulait. Il va très vite s'organiser. À la rentrée des vacances de la Toussaint, il faudra aussi la scolariser. Bref, on n'en est pas là ! Cette enfant, il faut avant tout la rassurer. Elle est très réservée.

Quand elle nous a expliqué qu'elle vivait à Cefalù avec Mirella : les bras m'en sont tombés, je t'assure ! Mais quelle histoire ! Je traduisais à Sam et je n'arrivais pas à croire les mots que j'étais en train de prononcer. Elles nous ont menti toutes ces années ! Pétula a bien caché son jeu, elle a trahi Sam, mais elle t'a bien embobiné aussi. Quand je pense que nous avons cru ta mère morte et enterrée ! Elles ont organisé leur fuite pendant que tu affrontais seul la justice, pendant que tu étais condamné et incarcéré... à cause d'elles !

Je ne veux pas te faire de reproche, mais comment as-tu pu te faire berner à ce point, Pierrot ? Comment as-tu pu marcher dans leur combine ? »

Planche VI

Le hibou

Mon pauvre cœur est un hibou
Qu'on cloue, qu'on décloue, qu'on recloue.
De sang, d'ardeur, il est à bout.
Tous ceux qui m'aiment, je les loue.

Guillaume Apollinaire, *Le Bestiaire ou Cortège d'Orphée*, 1911

9.

Ceux sur qui l'on pleure

Comme un vaisseau fantôme, Violette naviguait depuis une semaine entre l'épicerie et le salon de coiffure. Elle se familiarisait peu à peu avec son nouveau décor. De grandes vagues de nostalgie la saisissaient parfois et elle cessait de parler, de demander si Pétula allait la reprendre. Elle se blottissait dans un recoin de la boutique, tout près de Pierrot, sous l'étagère à bonbons en serrant Pompon dans ses bras. Son esprit, comme un oiseau migrateur, s'envolait vers les rivages de la Sicile. Elle pleurait parfois, mais jamais pour sa mère. C'est Mirella qui lui manquait.

« Nonna Mirella », soupirait-elle en caressant le chat.

Sam n'avait pas les mots pour la consoler, il caressait ses cheveux, et se sentait un peu maladroit face à ce corps de jeune fille tout neuf qu'il n'osait pas serrer contre lui. Il disait juste :

« Je suis là, ne t'en fais pas ! Je vais m'occuper de toi. »

Comme un casse-tête chinois, il s'appliquait à remplir les papiers du collège pour qu'elle puisse aller en classe dès la rentrée des vacances d'automne.

« Tu vas te faire de nouveaux amis, tu verras, ça va aller ! »

Sam soupira à son tour en refermant le livret de famille d'une famille qui n'existait plus. Sam et Pétula ne s'étaient mariés qu'à l'annonce de la grossesse. C'est Sam qui avait voulu. Pétula prétendait que la reconnaissance de l'enfant pouvait bien suffire ! Mais puisqu'il y tenait… L'affaire avait été réglée en une heure devant le premier adjoint, entre deux témoins, Vanille et Mirella.

Il rangea soigneusement le précieux document dans le tiroir de l'entrée, là où Pétula l'avait abandonné, dix ans plus tôt. Sam avait vite compris que Pétula s'était enfuie avec de faux papiers.

Une simple porte séparait les deux appartements : celui au-dessus de l'épicerie et celui de Sam. C'était un seul et même logement qui avait été séparé autrefois quand l'un des précédents propriétaires avait choisi de vendre en deux lots les locaux commerciaux du rez-de-chaussée ainsi garnis chacun d'un appartement. Mais Nicole, qui était la patronne de Sam au début de sa carrière, avait racheté le tout au départ de monsieur Camilleri, l'ancien épicier. Elle avait l'idée d'agrandir son salon de coiffure. Finalement, elle avait revendu son affaire à Sam avant de partir s'installer à Cannes pour ouvrir un hôtel. Sam avait gardé l'enseigne en souvenir de Nicole qui lui avait tout appris depuis son apprentissage. « Chicky » scintillait en orange à côté de l'épicerie du Flamant rose. Après le départ de Pétula et Violette, il avait renoncé à effectuer les travaux d'agrandissement du salon et il n'occupait qu'un seul des logements. Mais la cloison entre les deux appartements n'avait jamais été créée. La clé de la porte avait simplement été perdue.

C'est par cette porte que Sam entendait Vanille en grande conversation avec Pierrot dans leur chambre à coucher ou chantant à tue-tête depuis sa douche. Vanille n'avait pas imaginé à quel point les deux logements étaient mal insonorisés puisque, de son côté, Sam n'avait jamais fait aucun bruit. Sa solitude était restée muette.

Maintenant, elle savait. La voix de Sam résonnait depuis sa cuisine. « Je t'ai cuisiné des pâtes ! Tu aimes bien ça, n'est-ce pas ? Viens manger ! Il n'y a rien de tel pour se retaper ! » Il nourrissait son oisillon avec toute la tendresse accumulée dont il n'avait su que faire depuis tant d'années. Sa manière de lui dire combien il l'aimait se mesurait à sa façon de remplir son assiette. Les recettes de Sam étaient maladroites, improvisées, un mélange hasardeux de saveurs. Sa façon de bien faire était d'en faire un peu trop. Violette l'interrompait pendant le service : « *Basta, basta ! Grazie !* »

C'est aussi à travers cette simple porte en bois brut que Vanille entendait Violette pleurer en cachette sur le clic-clac qui avait remplacé le petit lit dans sa chambre.

Alors Vanille frappait à la porte en appelant :

« Violette ! Tu pourrais venir m'aider à l'épicerie ?

— *Arrivo !* » répondait la jeune fille en essuyant ses larmes d'un revers de manche.

Elle saisissait au vol l'occasion de se sentir utile et de distraire son chagrin. Elle descendait en courant les escaliers vers le salon de coiffure et se présentait avec ses yeux rougis et son sourire métallique à la porte de l'épicerie sur l'avenue.

Vanille l'accueillait à bras ouverts et la serrait contre elle, contre son ventre un peu trop rond, tout gonflé d'une maternité insatisfaite. Elle avait pris l'habitude de croquer des bonbons pour ne laisser au fond de son ventre aucune place pour les soupirs. Au fil du temps, sa silhouette s'était épaissie. Elle s'en moquait, ayant deux excuses tout à fait légitimes : la première était qu'à part la Callas, l'exception qui confirme la règle, les grandes cantatrices ont souvent de l'embonpoint, et la deuxième était que son Pierrot ne s'en plaignait pas. Alors un petit « bon-bon » par-ci par-là, ça ne pouvait pas être « mauvais-mauvais », n'est-ce pas ?

Lorsque Violette apparut dans la lumière rose du flamant de la vitrine, elle lui tendit une sucette au citron.

Comme elle n'avait pas le cœur à refuser la douceur de Vanille, l'adolescente mit la sucette dans sa poche. Elle prenait grand soin de ne pas gâter l'appareil dentaire qui avait coûté une fortune à Mirella pour qu'un jour elle puisse devenir aussi jolie que sa mère ! Et, contrairement à Vanille, Violette avait la tristesse anorexique.

« Cette épicerie, c'est le paradis ! Elle console de tout, tu verras ! Quand j'avais ton âge, elle était tenue par un vieux monsieur très gentil que je n'ai jamais vu sans son béret. Avec Pierrot, on y passait après l'école qui est là tout près, puis quand on avait quelques pièces de monnaie à la sortie du collège on venait remplir nos poches de Treets, de Picorettes, de Smarties, de Raiders ou de Milkyway. »

Violette ne comprenait pas tout, mais ces noms évoqués avaient sûrement le goût du chocolat…

« Pierrot et moi nous étions promis qu'un jour, lorsque Monsieur Camilleri prendrait sa retraite, nous rachèterions l'épicerie. Tu vois, on a tenu parole ! Enfin, ça ne s'est pas tout à fait passé comme prévu… Un jour, je te raconterai. Regarde ce qui est accroché ici ! »

Vanille désigna le porte-manteau de métal installé au fond du magasin, vers l'escalier de l'appartement.

« C'est le béret du *signor* Camilleri ? demanda Violette en français pour la première fois.

— Tout pile ! Sa blouse et son béret ! C'est à cause de ces reliques que certains disent que l'épicerie est hantée ! Pierrot et moi, on s'en fiche pas mal… On ne craint pas les fantômes. Et sûrement pas celui de monsieur Camilleri ! Même si c'est un peu à cause de lui qu'on a eu nos premières caries ! »

Violette aidait volontiers à tenir la caisse, à ranger les boîtes sur les étagères, à trier les légumes.

Quand il n'y avait personne, en début d'après-midi, Violette réclamait à Vanille : « *Canta ancora, per favore !* »

Alors, Vanille montait sur une caisse en bois entre le rayon des conserves et les cagettes de légumes et, après quelques vocalises pour s'échauffer, elle entonnait le chant des Walkyries ou bien « Mexiiiico ! »

Un promeneur sur l'avenue avait même poussé la porte vitrée de l'entrée, l'air apeuré : « J'ai cru que quelqu'un avait besoin d'aide ! J'ai failli appeler les pompiers, vous savez ! Ça ne va pas la tête, de crier comme ça ! Vous ameutez tout le quartier ! »

Les voisins, eux, ne s'en inquiétaient pas. Ils savaient bien que Vanille était un peu originale et que derrière son comptoir d'épicière se cachait une diva.

Violette éclatait de rire et battait des mains.

« *Brava ! Brava !* »

Puis Vanille s'asseyait à sa caisse et interpellait Pierrot.

« On lui raconte ce qu'a fait monsieur Camilleri le jour où il a pris sa retraite ? »

Elle cligna de l'œil. Violette battait des mains.

« *Oh per favore ! Raccontami !*

— Monsieur Camilleri, tout le monde l'aimait bien ! L'avenue, c'était sa famille, et il laissait toujours de petits mots sur sa porte quand il s'absentait : "Je suis au bar de Fernand pour le café", "Je suis en livraison à la maison de retraite des Primevères", "Je suis parti recharger le distributeur à biscuits de la clinique de l'Espérance", "Je fais un tarot avec Léon", "Je redescends dans cinq minutes, besoin urgent". Celui-là, il le mettait souvent, car il avait la prostate fragile...

— La prostate ?

— Ah oui, mince, je t'expliquerai plus tard ! Bref, on savait toujours où il était, il suffisait d'attendre un peu, il finissait toujours par revenir. Mais, une fois, il s'est absenté toute la journée. Il avait écrit : "Je suis parti à Toulon pour m'acheter un canotier."

— Un canotier ?

— C'est un chapeau de paille, tu sais, du genre que portent les gondoliers à Venise ! »

Violette fronça les sourcils, mais elle semblait comprendre de quel genre de couvre-chef il s'agissait.

« Tout le monde se demandait ce qu'il pouvait bien faire d'un canotier, personne ne l'avait jamais vu autrement qu'avec son béret, tu comprends… Le lendemain, l'épicerie était ouverte comme d'habitude, le canotier tout neuf était posé ici près de la caisse. Tous les clients étaient venus pour le voir, même ceux qui faisaient habituellement leurs courses plus volontiers au petit Casino en haut de l'avenue. À la fin de la journée, monsieur Camilleri a sorti son morceau de crayon à papier de derrière son oreille et, comme il le faisait à chaque fois qu'il s'absentait, il a rédigé le dernier message de toute sa carrière d'épicier pour dire où il allait. Ensuite, il a retiré son béret et sa blouse, il les a accrochés au porte-manteau que tu vois là, ils y sont encore d'ailleurs. Il a mis son beau canotier tout neuf. Il a collé son petit mot sur la porte avec un peu de scotch. Il a fermé à clé et il est parti pour toujours.

— Et où il est allé ?

— Ben ça… On n'a jamais su, car pendant la nuit un mistral terrible s'était levé et au matin, le papier s'était envolé ! »

Violette se précipita vers la blouse toute poussiéreuse qui pendait au crochet. Elle fouilla les poches avec avidité. Elle en ressortit un petit bout de crayon minuscule. Il n'y avait rien d'autre. Personne ne connaîtrait jamais le secret de monsieur Camilleri.

« Parfois, il faut accepter de laisser partir les gens qu'on aime, où qu'ils aillent… c'est ainsi.

— Et Pierrot et toi, vous avez racheté l'épicerie ?

— Hélas non, car à cette époque-là Pierrot et moi ne nous voyions plus trop. Moi j'étais partie à Paris au conservatoire. Je ne revenais que pour les vacances et Pierrot avait lâché l'école. Ça ne marchait pas trop pour lui. Il avait signé un contrat sur le bateau où travaillaient Mirella et Pétula et il voyageait sur toutes les mers du monde comme membre d'équipage, enfin, surtout en Méditerranée, pour dire vrai…

— Il faut accepter de laisser partir les gens qu'on aime… *non è vero*[*] ? »

Vanille sourit dans un soupir.

« Oui. D'autant que j'étais partie la première ! Mais je lui ai envoyé des centaines de lettres. Je lui racontais ce que je faisais à Paris. J'ai toujours été plus bavarde que lui. Lui ne m'écrivait jamais, mais dès qu'il n'était plus en mer il me téléphonait.

« Je revois encore Mme Bauer, en pantoufles et robe de chambre, qui décrochait le téléphone à cadran sur le petit meuble de l'entrée. Moi, j'étais au bout du couloir dès la première sonnerie, des papillons dans le ventre, à espérer que seul mon Pierrot pouvait appeler à cette heure tardive où personne d'autre n'appelait jamais.

« "Vanille ! C'est ton marin !" criait-elle sans se retourner en tendant le combiné au bout de son bras levé. J'étais déjà derrière elle. Je m'asseyais par terre en tortillant le fil en tire-bouchon du téléphone et nous parlions de longues minutes… Enfin, je parlais. Tu sais, Pierrot, les mots d'amour, ça n'a jamais été son truc. Il était plus fort à lancer des boutades et à raconter des blagues. Mais là, ça ne s'y prêtait pas. Il disait toujours les mêmes choses : "Reviens, Vanille !

---

* « Ce n'est pas vrai ? »

S'il te plaît. Sans toi, la vie est un enfer ! En plus, j'ai le mal de mer !"

« Travailler sur les yachts, ça ne lui disait rien, il l'avait fait pour être un peu avec sa mère et parce que j'avais accepté sans trop rechigner ce que mes parents envisageaient pour moi : les études, le chant, Paris…

« Nous étions deux oiseaux migrateurs sous des cieux différents, mais nous avions décidé où serait notre nid plus tard : dans l'épicerie de monsieur Camilleri.

« Évidemment, à moi aussi, ça me coûtait, mais je me disais que cette séparation était l'occasion d'expérimenter la vie l'un sans l'autre. Depuis la toute petite enfance, on n'avait jamais essayé. Et, de mon côté, j'étais plutôt contente de découvrir Paris, de m'éloigner un peu du fantôme d'Hortense.

— Hortense ?

— Oui, je t'expliquerai plus tard…

— La prostate et Hortense ?

— Oui, promis ! Paris, tu comprends, pour moi c'était une nouvelle vie, assez excitante. Je dois dire que j'aimais tellement chanter… Monsieur et madame Bauer me gâtaient. Il m'avait accueilli chez eux et tout le monde me complimentait. Toute la journée, c'était solfège et opéra, mais quand j'étais seule à la maison avec madame Bauer, on écoutait Luis Mariano et Dalida. Elle m'avait confié : "Moi, l'opéra, je n'aime pas trop ça !" Alors j'ai fini par connaître par cœur tout leur répertoire ! Je réussissais mes examens, mes auditions haut la main. Tu sais que j'ai reçu la médaille d'or du conservatoire ?

— Tu es restée longtemps à Paris ?

— Oui, un peu trop longtemps. »

Vanille baissa la tête comme pour s'excuser.

« Et puis, au bout d'un moment, Pierrot, à l'autre bout du fil, me disait : "J'ai plus de pièces, ça va raccrocher."

« Alors, je filais dans ma chambre et je lui écrivais pour finir de lui raconter ce que je n'avais pas eu le temps de lui dire au téléphone... »

Violette l'écoutait attentivement en faisant rouler le petit bout de crayon dans le creux de sa main. Ah, si les crayons pouvaient révéler tout ce qu'ils ont écrit, on connaîtrait enfin la destination de monsieur Camilleri !

Vanille lui caressa la joue.

« Tu sais, Monsieur Camilleri est sûrement au paradis des épiciers maintenant.

— Il y a un paradis pour les épiciers ?

— Il y a un paradis pour chacun, il suffit de le trouver.

— Tu crois que Nonna Mirella est au paradis ?

— Oui, sûrement, un paradis fait pour elle.

— Et toi, un jour tu iras au paradis des épicières ?

— J'y suis déjà, regarde cette boutique et le beau sourire de mon Pierrot !

"Rossignol, rossignol de mes amours, quand ton chant s'élèvera, mon chagrin s'envolera et l'amour viendra peut-être."

« Viens par-là ! Regarde vers le porte-manteau ! Tourne la tête en te penchant un peu par là ! Tu vois ? On reconnaît bien monsieur Camilleri là, assis en bas de l'escalier, le dos voûté, son béret sur la tête un peu rentrée dans ses épaules, en train de rédiger le petit mot que personne n'a jamais retrouvé. »

Violette se contorsionna et, à force d'espérer le voir, le miracle eut lieu :

« Ah oui ! Je le vois ! »

Elle semblait émerveillée.

10.

Le cœur de Sam

Sam laissait Violette aller et venir à sa guise entre le salon de coiffure, l'appartement et l'épicerie. Elle semblait bien s'acclimater et acceptait de parler français de plus en plus souvent. Les mots lui arrivaient sans qu'elle ne se souvienne, où elle les avait appris et avec qui : avec son père autrefois ? Avec sa mère lors de ses exceptionnelles visites ? Avec sa chère Mirella ? Chacun avait déposé en elle le souvenir de qui elle était.

Elle passait beaucoup de temps avec Vanille. Une présence féminine était indispensable pour comprendre une si jeune fille, pensait Sam qui avait repris le travail. Dans un commerce, il ne faut jamais abandonner trop longtemps la clientèle, surtout quand il s'agit des femmes et de leur beauté qui ne supporte pas la friche. Il fallut très vite recolorer des racines, égaliser des franges, boucler des mèches, réparer des fourches, regonfler des brushings… Sam avait le souci du travail bien fait et une clientèle exigeante.

Souvent, Vanille préparait le repas et leur proposait de rester pour dîner tous ensemble. D'autres fois, Sam emmenait sa fille en promenade en voiture, pour lui faire visiter la région, mais surtout pour parler. Il avait dix ans à rattraper. Il se sentait un peu intimidé et maladroit. Tenir le volant, choisir une direction lui donnait une contenance. Il ne s'approchait de sa fille qu'avec une délicatesse extrême, comme s'il s'agissait d'un petit oiseau sauvage qui risquait de s'envoler au moindre geste brusque.

Violette ressentait sa tendresse. Passée sa gêne des premiers jours, c'est elle qui le prenait dans ses bras et posait sa tête contre son épaule. C'était son père. Lui n'osait pas. Il lui aurait promis la lune si elle l'avait réclamée. Mais elle ne demandait jamais rien.

« Je t'emmènerai en vacances en Italie, si tu veux ? »

Elle acquiesçait. Le pays où elle avait grandi commençait déjà à lui manquer, c'est vrai. On se languit plus vite des lieux et des gens qu'on n'est pas sûr de revoir.

Il pouvait bien lui faire ce plaisir ! Sam avait mis pas mal d'argent de côté. Maintenant, il savait que tout serait pour son enfant chérie.

On ne peut pas dire qu'il s'était privé toutes ces années. Il n'avait pas fait le choix d'économiser. C'est le goût de dépenser qui lui avait manqué. Il s'était abruti de travail pour ne pas penser. Ses vacances ne connaissaient ni le repos ni la quiétude. Elles ressemblaient plutôt à une fièvre aggravée par la chaleur de ces étés d'exploration en Italie pour chercher Violette. Ses dépenses les plus considérables, c'est en Italie qu'il les faisait. Oh, pourtant, il ne descendait pas dans les palaces ! Il logeait chez l'habitant, choisissant en priorité les propriétaires qui parlaient français. Il n'avait jamais été très doué en langues étrangères. Et même si l'italien, par la force des choses, lui était devenu plus familier, il trouvait que les gens parlaient trop vite et ne lui disaient jamais ce qu'il espérait entendre : simplement où se trouvait Violette. Il se débrouillait un peu avec les mains. Alors souvent, il payait les services privés d'une guide touristique locale qui lui tenait lieu d'interprète, une étudiante en français, une conférencière… Ces accompagnatrices serviables lui suggéraient des destinations, le conseillaient dans ses enquêtes. Quelques-unes avaient partagé des repas, une nuit ou deux, parfois.

Mais, depuis dix ans, Sam n'avait connu aucune autre aventure que ces étreintes furtives et muettes dans des lits inconnus, de l'autre côté de la frontière.

Pourtant ce ne sont pas les occasions qui avaient manqué. Malgré ses tempes blanchies par la douleur et les soucis, il était resté bel homme. Grand, athlétique, avec de faux airs de Belmondo (on lui en faisait souvent la remarque quand il était plus jeune, moins ces derniers temps, c'est vrai). Il avait reçu des avances assez directes de quelques-unes de ses clientes un peu chavirées après le massage du cuir chevelu, au-dessus de bac à shampoing. Et, parmi elles, même quelques femmes mariées avaient osé des allusions plus ou moins explicites. Sam feignait de ne jamais comprendre. La seule fois où il avait cédé à l'une d'entre elles, c'était deux ans avant la naissance de Violette et il l'avait payé très cher !

Elle n'était pas une cliente régulière. Sa beauté coupait le souffle. À l'époque, Sam flirtait avec la quarantaine et n'avait connu qu'une seule histoire d'amour qui n'avait pas duré. Sa fréquentation assidue de la gent féminine (il était exclusivement coiffeur pour dames) n'en faisait pas pour autant un homme à femmes. À l'époque, il était célibataire, déjà un peu endurci. Il aimait sa liberté. Lorsqu'elle était entrée dans son salon, il avait ressenti, pour la première fois, ce désir fulgurant qui foudroie le regard et se répand dans tout le corps comme un lait chaud sucré. Bien sûr, sa tenue un peu provocante l'avait émoustillé. Mais il y avait eu quelque chose de plus puissant qui l'avait laissé tremblant au moment de poser ses mains dans ses cheveux. Elle avait souri en mordillant ses lèvres de ses dents blanches impeccablement alignées. Elle semblait bien connaître le pouvoir qu'elle exerçait sur les hommes.

C'est elle qui l'avait emprisonné dans ses filets, comme font les sirènes. Juste avant de quitter le salon, le regard en coin, sous ses longues boucles remontées en chignon au-dessus d'une nuque frêle, elle avait lancé en clignant de l'œil :

« Ce soir, L'Esquinade, deux couverts ? »

Il avait bafouillé, sans trop savoir de quel restaurant elle parlait, parce que L'Esquinade... il n'en avait jamais entendu parler.

« Oui, bien sûr ! »

Il n'avait pas dit qu'il ne savait pas où c'était et que peu lui importaient l'heure et le lieu. Ce qu'il désirait le plus au monde, c'était toucher sa peau, boire à sa bouche.

Mais il n'avait pas eu besoin de parler. Pétula saisissait parfaitement la moindre de ses pensées : elle se mit à rire à gorge déployée !

« Ben alors, Belmondo ? Vous avez oublié votre texte ? »

Mais si, bien sûr ! Maintenant il se souvenait : c'était une réplique de *Flic ou voyou*, il connaissait ce film par cœur ! Il s'empressa de répondre :

« Ce soir, je vous emmène au Paradis ! (C'était le nom d'une paillote sur la presqu'île de Giens.) Ciel bleu, mer verte, sable blanc, classique ! »

Elle répliqua aussi sec :

« *L'Alpagueur !* »

C'est lui qui venait de se faire alpaguer.

Belmondo était un pont entre eux et cette histoire commençait comme dans un film ! Sam gonfla son torse en la raccompagnant jusqu'à la porte, il se sentait fringant comme *Le Magnifique* mais n'osa prononcer ce qui résonnait dans son esprit :

« La seule chose qui m'importe est que vous soyez à moi ! »

Elle fut à lui juste après le dîner, dans les dunes sous les étoiles, entre la route du sel et les vagues.

Ce n'est que plus tard, lorsqu'il fut éperdument fou d'elle, lorsqu'il commença à souffrir de ses absences répétées sur les yachts plusieurs semaines d'affilée à intervalles irréguliers, que Pétula lui avait présenté Pierrot, qui travaillait aussi sur les bateaux, et Vanille, qui avait définitivement quitté Paris et renoncé à sa carrière de chanteuse d'opéra pour vivre d'amour et d'eau de mer.

Pétula s'était assez rapidement installée chez Sam au-dessus du salon de coiffure. Il faut dire qu'elle n'avait plus vraiment de lieu où s'établir quand elle était à terre.

Le père de Pierrot les avait expulsées, elle et Mirella, de la maison quand il avait appris ce que faisait vraiment sa femme sur les yachts privés. Femme de chambre… tu parles !

Sam, lui, n'entendait pas les rumeurs, ou bien n'étaient-elles pas parvenues jusqu'à ses oreilles ? On avait voulu l'épargner. Il était brave homme, honnête et travailleur. C'était un crève-cœur de voir à quel point il s'était laissé embobiner. Peut-être aurait-il fallu lui dire qu'il avait tort de satisfaire à tous les caprices de Pétula, tort d'accepter de lui faire un bébé ! Mais aurait-il écouté ?

Pierrot avait bien essayé de lui parler… Puis, au dernier instant, il avait renoncé. Il avait pensé que se taire n'était pas vraiment mentir… Oh ! Et puis à quoi bon ? Sam semblait si heureux à ce moment-là. Il aimait cette femme. Pierrot ne se sentait pas le droit de tout gâcher. Et puis, à cette époque-là, il était plutôt mal placé pour donner des leçons.

Sam avait eu envie d'être père, de partager sa vie avec elle. Il était trop tard. Le mal était fait.

11.

Chanter sous d'autres cieux

« C'est toi, Pierrot, qui avais aidé Pétula à installer ses affaires chez Sam. On peut dire que ce n'était pas la meilleure chose que tu aies faite ! Je comprends bien que, pour toi, c'était presque un soulagement qu'elle débarrasse le plancher et libère enfin ta chambre d'enfant qu'elle occupait depuis des lustres à chacun de ses retours à terre. Mais tu n'étais plus un enfant et il y avait longtemps que tu avais mis les voiles !

Je sais bien que c'est mon départ à Paris qui a précipité les choses. Tu as abandonné les études. Certes, tu n'y avais jamais mis beaucoup d'enthousiasme, avoue-le ! Mais, tant que j'étais là, tu essayais de ne pas décrocher pour que nous ne soyons pas séparés. Tu crois que je n'ai pas vu tes efforts ? Même si je te laissais souvent copier, que nous passions des heures dans le jardin sous l'oranger à résoudre ensemble ces problèmes mathématiques auxquels tu ne voulais rien comprendre, à rédiger les dissertations d'histoire qui t'ennuyaient... Je sais que tu t'escrimais à obtenir au moins la moyenne pour ne pas glisser. Étudier t'était impossible – trop de bruit, trop de monde à chaque retour de Mirella et Pétula et puis le vide désolant à chacun de leur départ. Le frigo anorexique, les bouteilles sur le tapis du salon et ton père avachi devant la télé à fond, et puis les claques qui tombaient au hasard de ses sautes d'humeur. Aurais-je pu t'épargner tout cela ? Tu m'as prise pour une ingrate quand j'ai accepté de partir. Je le sais. Je ne pensais pas que tu lâcherais si vite. J'espérais que tu tiendrais au moins jusqu'au bac ! Moi, je savais que tu t'en sortirais, diplôme ou non. Le bac était un sésame pour rassurer mes parents, parce qu'il était évident que lorsque je reviendrais nous allions nous marier. C'était dans nos plans. J'ai été un peu déçue et inquiète aussi quand tu m'as dit que ta mère t'avait trouvé une place d'équipier sur le bateau où elle servait. Elle avait démissionné des grands paquebots de croisière et s'était fait des amis, au yachting club de Toulon. Il y avait beaucoup de nouvelles opportunités.

"C'est bien payé !" C'est ce que tu m'as dit comme pour t'excuser de bouleverser un peu nos plans… C'est la première fois que je t'entendais parler d'argent que je te découvrais en désirer autant.

Dans mon monde, l'argent n'était pas un sujet. Nous en avions suffisamment pour ne rien convoiter. Mon père ne s'intéressait qu'aux chemins empruntés par les oiseaux et se fichait des biens terrestres. Ma mère chérissait une enfant morte et moi je voulais chanter. Nous n'avions pas les mêmes préoccupations.

Tu m'as manqué, pourtant, même si c'est moi qui suis partie la première. Ton entrée précoce dans une vie active qui m'était tellement étrangère, notre éloignement, tes silences en réponse à mes lettres, ces furtifs coups de fil invariablement interrompus parce qu'il manquait toujours quelques pièces de monnaie pour pouvoir dire "je t'aime". Tout cela ajouté à l'usure du temps... Nous nous sommes un peu oubliés, n'est-ce pas ?

Non, je ne cherche pas à minimiser ma faute ! Je sais qu'Octave t'est resté un peu en travers de la gorge. Mais toi ? Qu'as-tu fait pendant ces cinq années ? N'as-tu pas connu quelques amourettes ? Je n'ai pas cherché à le savoir. Je préférais croire qu'il ne s'était jamais rien passé avec aucune de ces filles qui habitaient mon absence. Qu'elles aient pu contempler ton sourire, jouir de tes regards, connaître tes caresses, cela m'aurait rendue folle. Je t'imaginais seul à la barre face à l'horizon, dans un monde uniquement peuplé de garçons au travail, et je me forçais à croire que tes escales n'avaient jamais lieu ailleurs que sur des îles désertes. Oui, je sais, j'ai cette tendance à m'arranger avec les vérités ! Ne souris pas !

Octave, je ne l'ai pas vu s'approcher, je t'assure ! Il faisait simplement partie de mon nouveau paysage. Si j'ai fini par aimer quelque chose chez lui, c'est ce qui me manquait de toi ! Ses petits sourires aux anges, les yeux dans le vague, toujours dans ma direction pendant les cours de solfège quand nous gagnait l'ennui, ses longues attentes dans les couloirs du conservatoire entre deux leçons de chant, juste pour me dire bonjour, trois fois, cinq fois par jour... Octave avait des allures de jeune premier. Sa voix avait superbement mué. Un ténor exceptionnel ! C'était le partenaire idéal pour une soprano.

Nous répétions ensemble en chantant les tourments de l'amour, les yeux dans les yeux. Au début ce n'était qu'un jeu, je t'assure. Tous les professeurs disaient la même chose : "Il a de la présence, Octave !" Il avait de la présence alors que tu n'étais plus qu'une absence. Il avait pris l'avantage, malgré moi. Malgré ce que me dictait mon cœur. Je l'ai laissé prendre ta place... Il avait des manières, une bonne éducation. En plaisant à Octave, j'espérais surtout plaire à mes parents. Tu comprends ? Alors je me suis laissée aller à cette tendresse offerte.

Ce n'est qu'une fois qu'il m'eut conquise qu'il cessa de me regarder comme si j'étais unique. Malgré cela, je me suis accrochée à son corps comme à une bouée dans une mer démontée.

"Il a de la présence, Octave !" Je me répétais cela comme si ce mantra pouvait suffire à le retenir. Et, au bout du compte, je me suis surprise à lui courir après, à mon tour, dans les couloirs obscurs qui sentaient la vieille pierre humide et où résonnaient une trompette, quelques arpèges suspendus, un violon hésitant, un chœur d'enfants... Octave avait de nouveaux « bonjour » à distribuer à l'étage des danseuses, deux fois, cinq fois par jour. Ah ça, oui ! Il avait de la présence ! Partout à la fois... Je le suivais comme une ombre. N'ai-je jamais rien fait d'autre dans ma vie que suivre des ombres ?

Effectivement, Octave avait eu l'art de plaire à mes parents. À ma mère surtout ! Car, à l'époque, mon père voyageait seul en Antarctique, pour observer les albatros, un oiseau qui lui ressemblait tant ! Les albatros passent le plus clair de leur temps en vol et ont du mal à avancer sur la terre. Maman lui avait écrit pour lui dire tout le bien qu'elle pensait d'Octave. Il m'avait envoyé sa bénédiction dans un message lapidaire. Je crois qu'ils étaient soulagés que ton bateau ait quitté ma tête et que la galère promise s'éloigne au gré de ce nouveau vent. Le souffle d'Octave balayait tout sur son chemin. Maman applaudissait à tout rompre lorsqu'aux auditions la voix d'Octave, puissante et chaude, s'élevait en enveloppant la mienne.

"Il a de la présence, Octave !" se réjouissait-elle pour moi.

Octave et moi nous avions annoncé nos fiançailles pour le jour de mes vingt ans.

Il n'était plus question de retour à Hyères. Maman avait vendu la maison, la cabane, l'oranger. Elle avait pris un pied-à-terre à Paris en attendant le retour de papa. Un grand F4 dans le Ve arrondissement. Les fenêtres donnaient sur le jardin du Luxembourg. "Qu'est-ce que je fais toute seule à Hyères ? Vanina a besoin de moi !"

C'est surtout elle qui avait besoin de moi pour ne plus rester seule avec le fantôme d'Hortense qui s'entêtait à ne pas lui répondre.

J'avais quitté ma chambre chez monsieur et madame Bauer, mais je continuais à aller les voir chaque semaine. Dès que nous étions seules, madame Bauer mettait son disque préféré sur la platine : "Rossignol, rossignol de mes amours, dès que minuit sonnera, vient chanter sous ma fenêtre, et l'amour viendra peut-être."

Nous l'avions chanté si souvent ensemble que je me suis crue exaucée. Mon rossignol, c'était forcément Octave ! Je me suis toujours demandé si madame Bauer n'avait pas eu un amour de jeunesse qu'elle espérait retrouver. Elle écoutait cette chanson avec tant de ferveur ! J'en avais déduit qu'il s'agissait à coup sûr d'un ténor d'opérette, probablement basque ou espagnol, à en juger par la passion qu'elle vouait à Luis Mariano, ou bien un Italien plus jeune qu'elle pour qui elle aurait "mis de l'or dans [ses] cheveux, un peu plus de noir sur [ses] yeux"... puisque Dalida faisait aussi briller son regard. Et ce n'est que par dépit qu'elle avait épousé ce baryton bedonnant qui se coupait en quatre pour la rendre heureuse en lui offrant des fleurs tous les samedis et en l'emmenant en vacances sur la Riviera chaque mois d'août.

Pour moi, toutes les chansons d'amour ne parlaient que de toi...

"Au creux d'un lit improvisé, j'ai découvert, émerveillée, un ciel superbe [...]. J'aurais voulu le retenir pourtant je l'ai laissé partir..."

Madame Bauer avait passé une vie discrète à caresser un petit chien très laid qui sentait mauvais. Depuis qu'il était mort, elle continuait à envoyer des baisers à son portrait enfermé comme une relique au milieu d'un cadre en plastique accroché au-dessus du téléphone dans le couloir de l'entrée.

Elle avait forcément quelques amours secrètes, quelques folies muettes !

Je me suis toujours raconté ce genre d'histoires. J'aime bien croire que quelque chose de plus puissant se cache au soir des jours ordinaires.

Cette façon de voir la vie m'a permis d'envisager un temps que je pourrais épouser Octave en gardant au cœur le rêve fou d'un amour inaccompli, le nôtre, mon tendre Pierrot.

Mais c'était faux, bien sûr !

"C'est l'histoire d'un amour éternel et banal
Qui apporte chaque jour tout le bien, tout le mal..."

— Ce n'est pas ma préférée ! L'amour éternel, je n'y crois plus ! ironisa Sam, sourire aux lèvres.

— Oh, Sam ! Désolée, je ne t'ai pas entendu entrer. Satanée clochette qui se déclenche quand elle veut !

— C'est parce que je fais un peu partie de la maison qu'elle ne me signale plus !

— C'est sûrement ça ! J'ai tous ces cartons à déballer, tu me donnes un coup de main ?

— Bien sûr ! Mais, le lundi, c'est congé normalement ?

— Oui, mais j'avais calé des livraisons. Tu sais, ici, le lundi, il y a toujours quelque chose à faire, et comme j'avais fermé vendredi à cause de la Toussaint...

— Tu es allée au cimetière ?

— Pour quoi faire ? Je n'ai pas de tombe à fleurir, moi, ici.

— C'est vrai. Pardon.

— Il n'y a pas de malaise ! J'ai eu mon père au téléphone. Il était à Ostende, évidemment, comme chaque année... Son rendez-vous avec Hortense et ma mère.

— Il voyage toujours ?

— Il est officiellement à la retraite, mais, tu sais, son métier était toute sa vie. Alors oui, il voyage en Afrique surtout. Il écrit des livres sur les oiseaux.

— Tu ne vas jamais le voir ?

— Il ne vient jamais non plus !

— Si tu laisses ta porte ouverte, du monde va se pointer !

— Les gens savent que le lundi je suis fermée ! Tu as besoin de quelque chose ?

— Non, je venais juste pour bavarder. Depuis quinze jours, tout a changé dans ma vie ! Violette a rempli tout mon espace !

— Et aujourd'hui, c'est lundi ! Violette a fait son entrée au collège, tu ne travailles pas et tu te sens tout démuni !

— C'est tout à fait ça ! On désapprend très vite la solitude !

— Viens nous donner un coup de main, ton aide ne sera pas de trop. Il y a du boulot pour trois par ici ! Regarde si tu peux réparer cette sonnette, toi ! »

Planche VII

L'Albatros

Souvent, pour s'amuser, les hommes d'équipage
Prennent des albatros, vastes oiseaux des mers,
Qui suivent, indolents compagnons de voyage,
Le navire glissant sur les gouffres amers.

À peine les ont-ils déposés sur les planches,
Que ces rois de l'azur, maladroits et honteux,
Laissent piteusement leurs grandes ailes blanches
Comme des avirons traîner à côté d'eux.

Ce voyageur ailé, comme il est gauche et veule!

Lui, naguère si beau, qu'il est comique et laid!
L'un agace son bec avec un brûle-gueule,
L'autre mime, en boitant, l'infirme qui volait!

Le Poète est semblable au prince des nuées
Qui hante la tempête et se rit de l'archer;
Exilé sur le sol au milieu des huées,
Ses ailes de géant l'empêchent de marcher.

Charles Baudelaire

12.

Un oiseau de mauvais augure

C'était mercredi après-midi. La sonnette de la boutique qui annonçait l'entrée d'un client venait juste de retentir. Le grand type barbu qui cherchait à se défaire péniblement de son énorme sac à dos près du flamant rose lumineux de la vitrine s'immobilisa en plein effort :

« Merde ! Pierrot ! C'est toi ? Je rêve ? Qu'est-ce que tu fous là ? »

Vanille, les bras encombrés d'un carton de sachets de chips, revenait de la réserve, alertée par la sonnette enfin réparée, Violette la suivait, elle profitait de cette première demi-journée libre pour lui raconter tous les détails de son entrée au collège.

L'épicière crut vaciller.

« Vous connaissez Pierrot ?

— Un peu que je connais Pierrot ! On a fait deux ans de cabane ensemble ! Putain, Pierrot ! Je venais me ravitailler en bières. Qui aurait dit que je te trouverais là ? Vous êtes Vanille ? »

Elle acquiesça. Il singea une révérence en soulevant sa casquette des Chicago Bulls et mima un baise-main :

« Madame ! Mes hommages ! »

Vanille déposa le carton de chips sur le comptoir et glissa un mot à l'oreille de la jeune fille.

« Violette, s'il te plaît, va vite chercher Sam, dis-lui qu'un ami de Pierrot est là. »

Le routard crasseux saisit ses paroles à la volée :

« Elle s'appelle Violette, la gamine ?

— Oui, Violette.

— Ben, vous n'êtes pas rancunière comme nana.

— Que voulez-vous dire ? »

Pudeur de taulard, il attendit que Violette soit sortie de l'épicerie.

« Ben, élever une gosse qui n'est pas à soi, moi, je dis chapeau ! Des gosses, j'en ai au moins trois et j'en ai pas élevé un seul ! Alors, permettez que je sois épaté ! Sacré loulou, notre Pierrot ! Faire élever la gosse de sa maîtresse par sa femme ! Il est fort ! »

Vanille jeta un regard perdu à Pierrot.

« Qu'est-ce que vous racontez ?

— Des gonzesses qui ont cherché à me convaincre que leur chiard était de moi, j'en ai croisé ! Mais le contraire me paraît compliqué ! Vous êtes au courant que c'est pas votre fille ? On est d'accord ?

— Sa mère s'appelle Pétula…

— Ah ben, c'est ce que je disais, vous êtes au courant ! Pétula la pute ! Je peux vous dire que j'étais pas le seul à me branler sur sa photo en taule ! La photo, c'est Pierrot qui l'avait reçue par le courrier avec celle de la gosse aussi, mais celle-là il l'a gardée, on n'était pas des anges, mais les gosses : pas touche ! Je l'ai lue, la lettre, on l'a tous lue à la promenade. Pierrot, il était dans la merde, ça, c'est sûr. Ça faisait des semaines qu'il nous bassinait avec sa Vanille par-ci, Vanille par-là, on va se marier dès que je sors de ce merdier. Des fois, il chialait comme un gamin : Vanille, je la mérite pas, j'ai joué au con ! On aurait dit qu'il était là pour se punir de quelque chose, parce que le casse de Monaco, c'était pas lui. Ça, c'est sûr ! Je dis pas qu'il avait pas la carrure... Je dis juste que c'était pas un mauvais gars. Des sales types, j'en ai côtoyé, vous savez, deux ans dedans à la Farlède après six mois aux Baumettes : mes colocataires, c'étaient pas des enfants de chœur ! Alors, si le pire qu'il ait fait dans sa vie, Pierrot, c'est de coller un morpion à cette pute de Pétula... Parce que s'il était au trou, Pierrot, c'était bien à cause de Pétula, Mirella et toute leur clique de truands italiens. Il a passé des nuits à se confier, à me raconter ses souvenirs avec vous, et comment il avait tout fait foirer pour faire plaisir à sa mère. Mais franchement, si ça vous rassure, je peux vous dire qu'il se sentait le cul merdeux de vous avoir trompée avec Pétula. Enfin, tromper, c'est un grand mot ! Pétula l'avait bien allumé, cette salope ! Il était pas de marbre, Pierrot. Pas vrai, Pierrot ? »

Le gars lança sa question en direction de la photo de Pierrot dans son cadre en argent sur l'étagère à bonbons.

13.

Sans Pierrot

Quand Sam entra dans l'épicerie, flanquée de Violette, l'ex co-détenu de Pierrot était déjà parti.

Il ne vit pas tout de suite l'état de sidération dans lequel s'était figée Vanille.

La sonnette ne la fit pas réagir.

« Désolée, ma belle, je devais rincer la couleur de madame Millet, tu sais bien qu'avec le temps de pause on ne fait pas ce qu'on veut ! Il ne lui reste déjà que trois poils sur le caillou, la pauvre vieille ! »

Vanille venait d'encaisser le pack de bières, elle avait encore le bras suspendu vers la monnaie rendue, les yeux dans le vague derrière un rideau de larmes qui refusait de descendre.

Tout se bousculait dans sa tête. Elle avait tant redouté cette confrontation brutale avec la réalité qu'elle ne s'y était jamais préparée. Maintenant, il fallait faire face à ce flot d'informations, déversé par l'ivrogne comme un vomi sur son paradis. Toutes les cartes de son univers étaient brouillées. Une seule image flottait devant ses yeux, celle qu'elle avait vue au journal télévisé quelques jours auparavant au sujet d'une catastrophe : une nuée d'oiseaux soudain pris d'un vent de panique au-dessus des lumières de Rome. Totalement désorientés, ils s'étaient écrasés en masse contre la fontaine de Trévi, réceptacle de l'hécatombe. Elle était la fontaine. Source tarie. Oiseaux morts.

« Ça va, Vanille ? Tu es toute pâle ! C'était qui, ce type ? »

Violette caressa la main tendue. Vanille l'attira contre elle et la serra dans ses bras avec toute la puissance de sa détresse.

« Qu'est-ce qu'il voulait, qu'est-ce qu'il t'a dit ? s'alarma Sam.

— Tout. »

Tout ce que Vanille refusait d'admettre depuis dix ans.

Elle se tourna très lentement vers la photo de Pierrot, comme si sa lenteur pouvait retarder l'évidence. La photo était bien là, sur l'étagère. Il souriait. Comme toujours.

« Pierrot n'est plus là, constata-t-elle, la mine désolée, en se laissant tomber sur le tabouret derrière son comptoir.

— Il n'a jamais été là, Vanille », lui dit Sam d'une voix très douce pour la ramener délicatement sur terre.

Il pressait délicatement sa main sur son épaule.

Vanille aperçut enfin Sam et Violette derrière un brouillard de larmes. C'était comme un éveil pénible après un interminable sommeil, un coma, un supplice. Elle sentait son cœur battre dans sa poitrine, elle était vivante, mais tellement blessée ! Elle aurait préféré qu'on la gifle. Une douleur physique l'aurait peut-être soulagée de cette torpeur, cette gangue dont, malgré elle, elle commençait à s'extirper et qui la déchirait.

Il avait fallu que ce soit un étranger, un oiseau de passage, un oiseau de malheur, un de ces mauvais augures qui assène les plus sombres vérités, un criminel.

Ici, personne n'en parlait jamais. On laissait Vanille affabuler. On la laissait voir ce qu'elle avait envie de voir, croire ce qu'il lui plaisait de croire. On connaissait son petit manège, ses conversations avec Pierrot dont la présence fantomatique semblait la soulager. Il y avait ceux qui s'en fichaient tout simplement, ceux qui éprouvaient de la pitié, ceux qui la trouvaient « originale », ceux qui riaient un peu grassement de ses divagations. Et puis il y avait Sam qui attendait son retour à la raison comme une guérison, en lui tendant la main, quand elle avait besoin. Ils étaient frère et sœur de chagrin.

Lui, il savait.

Le moment était venu.

Sam n'avait pas toujours les mots. Mais il sut quoi faire. Il débrancha le flamant rose et ferma la porte de l'épicerie à clé. Il encercla de son bras le corps tout recroquevillé de Vanille et la guida jusqu'à l'escalier. Elle marchait comme un automate, le regard fixe vers le néant. Vanille se laissa faire. Il la portait presque. Violette les suivit sans comprendre tout à fait ce qui se passait. Depuis son arrivée, elle entendait beaucoup parler de Pierrot, mais ne l'avait jamais vu, à part sur cette photographie prise avant son incarcération, sur le pont d'un bateau. Elle la connaissait. Mirella avait la même dans son portefeuille en face de ses faux papiers. Violette lui avait un jour demandé qui était ce garçon qu'on ne voyait jamais. Elle avait répondu d'une voix blanche et en français : « C'est mon fils. Pierrot. Je n'ai pas été une bonne mère, tu sais... Mais, maintenant que je suis loin de lui, il doit être heureux. Je ne lui ai attiré que des ennuis. Si tu savais ce qu'il a fait pour moi !... »

Elle s'était mise à pleurer.

« Et moi, je n'ai fait que mentir et lui gâcher la vie. C'est ta maman qui m'a donné cette photo. Il a fini par se marier avec Vanille. Il a bien fait, c'est une brave petite ! »

C'est tout ce que Violette savait. À son arrivée, elle avait bien compris qui était Vanille et qui était Pierrot. Mais lui, elle ne l'avait jamais vu ailleurs que sur cette photo. Elle avait écouté les histoires que Vanille lui racontait sans jamais oser poser la question : mais où est-il, ce Pierrot ?

Ce qu'elle comprenait, c'est que l'absence de Pierrot prenait beaucoup de place dans cette épicerie, bien plus que dans le portefeuille de Mirella sur lequel elle ne l'avait vue pleurer qu'une fois.

Ce n'est qu'en haut des escaliers que Vanille chancela. Un chagrin brutal comme un orage qui avait couvé tant d'années la foudroya soudain. Elle se tordit de douleur sous le choc.

Sam la guida jusqu'au canapé du salon. La pièce était gaie, pleine de coussins, de couleurs et de posters d'oiseaux. Tout évoquait la légèreté, offrant un contraste poignant avec le poids de la désolation qui fit s'effondrer Vanille sur le velours mauve. Elle se mit enfin à pleurer.

« Faut que ça sorte », dit Sam pour rassurer Violette.

Puis il se dirigea d'un pas résolu vers la porte de séparation des deux appartements et, d'un seul violent coup d'épaule, fit sauter la petite serrure de laiton.

« Violette, veux-tu bien descendre tout de suite dire à madame Millet de bien vouloir m'excuser encore un moment. Dis-lui que... que j'arrive... que...

— ... que tu vas faire des pâtes ?

— Des pâtes ?

— Oui, des pâtes ! Quand quelqu'un est triste, tu fais toujours des pâtes, non ?

— Oui, des pâtes ! Tu as raison ! C'est une bonne idée ! Tiens, donne ça à madame Millet pour la faire patienter. »

À côté d'une coupelle pleine de bonbons, Sam saisit un gros livre sur la table basse : *Une vie au pays des oiseaux*, de Wilhem Van Hill.

14.

Une porte ouverte

« Vous sortez par la porte, vous revenez par l'escalier ! C'est une maison de fous, ici ! Mais qu'est-ce que vous fabriquez ? La petite m'a apporté ça. Vous n'êtes plus coiffeur ? C'est la bibliothèque municipale, ici ? Je ne l'ai même pas ouvert, votre bouquin ! Et d'une, je ne suis pas venue pour faire la lecture, et de deux, j'ai une trouille bleue des oiseaux ! Vous l'avez vu, ce film d'Hitchcock ? Moi, il m'a traumatisée ! Franchement, un livre sur les chats, j'dis pas... mais les oiseaux ? Non merci ! Une fois, mon Jean-Paul m'en a offert un de livre sur les chats. Je vous l'avoue, ça ne m'a pas intéressée plus que ça... Jean-Paul, lui, c'est le vélo, son truc. Je lui avais acheté les mémoires de Poulidor dans le temps... Mais il n'a pas le goût à lire. Ah, oui ! Il aime ça, le vélo, mais pour en faire, pas pour en lire ! C'est un peu comme avec les chats, les chats, c'est bien pour les caresser, en photo c'est bien moins affectueux, faut reconnaître ! »

Sam acquiesça et demanda à madame Millet de baisser la tête pour couper ses maigres cheveux côté nuque.

Le menton de la dame se trouvant comprimé, elle cessa de parler.

« Ça bout ! cria Violette depuis l'appartement.

— Vous m'excusez encore un instant, madame Millet ?

— Mais qu'est-ce qui bout ?

— L'eau des pâtes ! »

Madame Millet regarda sa montre, il était à peine plus de quatre heures.

« Décidément, on marche sur la tête ! »

À cet instant la cliente suivante entra dans le salon.

« Je vous préviens, il y a du retard ! Il court dans tous les sens, il n'est pas à ce qu'il fait ! Entre le shampoing et la coupe, il rend service à l'épicière, il se prend pour un bibliothécaire, il fait des pâtes pour son quatre-heures... et voilà qu'il rentre et qu'il sort comme à la Comédie-Française, une fois côté cour, une fois côté jardin ! D'après moi, ça ne tourne plus très rond là-dedans ! Il a trop fréquenté cette pauvre Vanille !

— Je viens de voir que l'épicerie était fermée, justement ! En pleine journée, un mercredi !

— Ah bon ? Moi, je suis coincée ici avec les cheveux mouillés ! Y aurait-il quelque chose à savoir que je ne sais pas encore ? »

Madame Millet ayant trouvé une complice de conversation, l'attente lui parut moins pénible. Et les potins allèrent bon train.

« La petite est scolarisée depuis lundi, c'est la documentaliste du collège qui l'a dit à ma belle-sœur, elles font du taï-chi ensemble ! Personne n'a revu sa mère, pauvre gosse ! C'est quand même une drôle de vie !

— Votre belle-sœur est contente du taï-chi ? Vous savez si ça fait maigrir ? Parce que moi, j'ai essayé le yoga et ça ne fait pas du tout maigrir ! Je vais peut-être me prendre le Rondo-abdo au télé-achat…

— Elle dit que ça lui calme les nerfs. Moi, je ne trouve pas ! Je me demande bien ce qu'il se passe du côté de l'épicerie… »

Vu de la rue, du côté de l'épicerie, c'était le silence et l'obscurité.

À l'étage, Sam s'activait en cuisine et Violette mettait le couvert pour trois. À bout de larmes, Vanille semblait s'être endormie sur son canapé. Ce n'était pas vraiment un sommeil, mais plutôt une sorte d'anesthésie. Elle avait plongé en elle-même pour démêler la fiction de la réalité.

Elle savait bien ce qui s'était passé, mais Vanille l'avait enfoui profond derrière un écran blanc sur lequel elle projetait ses souvenirs et sa fantaisie. Il était bien plus gai d'imaginer Pierrot encore près d'elle, il l'écoutait sans broncher, il surveillait l'étagère à bonbons pendant qu'elle s'activait dans tous les sens, il était un compagnon fidèle, certes silencieux, à part quelques manifestations imaginaires comme la sonnette de la porte activée par un courant d'air, le bruissement d'une étoffe, le craquement d'un plancher derrière une porte. Il occupait la vie de Vanille avec la grâce d'un parfum suspendu dans les airs, la persistance d'une sensation sur sa peau et cette magique paréidolie qui le faisait apparaître partout dans les ombres ou dans la foule.

Mais voilà qu'en ce mercredi de novembre, Vanille avait entrevu ce que le taulard pointait du doigt : une photographie sur une étagère. Ce doigt bagué d'une tête de mort, pointé vers l'homme qu'elle aimait, semblait lancer un sortilège. Et soudain, Pierrot n'était plus là. Envolé ! Elle se retrouvait seule avec ses quatre vérités assénées comme des coups de poignard, par un grand corps hirsute, une gueule d'assassin, une horrible tête renfrognée de taureau écarlate. Pour ce crime, il ne serait jamais condamné. On n'emprisonne pas les tueurs de souvenirs, les pourfendeurs de rêves. Il irait cuver sa bière sous un porche dans une ruelle du vieux Hyères. Vanille avait définitivement perdu son amour.

Lorsqu'elle reprit ses esprits, ça sentait la sauce bolognaise et ça venait de chez Sam. Elle découvrit que la porte de séparation était fracturée et grande ouverte.

Sam !

Il ne fallait pas lui dire. Pour Violette. Il venait de la retrouver. Enfin ! Il n'était pas question de la lui reprendre. Et puis que valait ce ragot contre l'amour d'un père ?

« Mais... Pierrot, qu'as-tu fait ? » osa-t-elle prononcer, à haute voix, une dernière fois.

Vanille pénétra dans l'appartement de Sam que plus rien ne séparait du sien. Elle trouva Violette seule en train d'égoutter des spaghettis dans une passoire. La sauce bolognaise crépitait sous un couvercle de verre, sur le gaz, à feu doux.

« C'est moi qui prépare, tu vois ! dit-elle, très fière, avec un grand sourire aux lèvres. Assieds-toi, c'est bientôt prêt ! Papa nous rejoindra dès qu'il aura fini en bas. »

Vanille s'installa sans rien dire sur un des côtés de la table de la cuisine. Elle se demanda si c'était la place de Pétula au temps où elle vivait là. Une colère sourde gronda en elle. Elle prenait sa place à table. C'était si dérisoire au regard de ce que lui avait pris Pétula ! Elle avait caressé son homme et lui avait volé une vie, cette vie que Vanille n'avait jamais sentie palpiter dans son ventre.

Elle observa Violette qui s'appliquait à chacun de ses gestes, qui lui préparait un repas comme une mère à son enfant. Elle était douce et précise. Et ce sourire qu'elle lui lançait parfois ! Le sourire de Pierrot, bien sûr, sous les yeux de Mirella ! Pourquoi ne l'avait-elle pas vu tout de suite ? Elle qui discernait tant de choses imaginaires, elle n'avait pas osé ouvrir les yeux sur cette réalité ! Comme elle était jolie, Violette ! Elle comprit qu'il s'en était fallu de peu pour qu'elle ne fût à elle...

15.

Sans voix

À l'épicerie et au salon de coiffure, la vie avait repris son cours, les fantômes en moins.

Vanille avait rangé la photographie de Pierrot dans la table de nuit de son côté du lit à lui, près de l'agate bleue qui roulait contre le bois quand on ouvrait le tiroir. Elle ne l'avait plus rouvert depuis ce mercredi. Elle ne parlait plus à Pierrot et elle ne chantait plus non plus. Tous les clients l'avaient remarqué. Elle était devenue normale. Elle était devenue triste. Et les spaghettis de Sam ne parvenaient pas à la sortir de sa mélancolie.

« Tu as le droit d'être triste ! Il faut parfois laisser partir les gens qu'on aime... »

Voilà ce que Violette lui chuchotait avec ses « r » roulés comme des galets sur une plage. Elle répétait les mêmes mots que ceux que Vanille avaient prononcés quelques semaines plus tôt pour l'aider à fuir son chagrin. L'enfant se souvenait de la leçon apprise. Vanille se reconnaissait en Violette. La consolation pour mission, elle avait fait tout son possible pour alléger la peine de ses parents, mais elle n'avait pas réussi. Elle avait aussi tenté de consoler Pierrot de son enfance meurtrie, cela n'avait pas suffi non plus. Pour elle-même, elle avait choisi la fuite vers des mondes imaginaires. Il était temps qu'elle grandisse ! Ce n'était pas à Violette de panser ses plaies ! Elle ne voulait pas lui infliger ce qu'elle avait enduré. Il fallait réagir, affronter la vie, reprendre sa place. Pas celle d'une victime, celle d'une rescapée ! Voilà ce qu'elle était.

« Tu veux savoir ce qui s'est vraiment passé avec Pierrot ? »

Violette acquiesça.

« Je vais te raconter. Au moins ce que je sais...

— Reprends où tu en étais.

— Où en étais-je ?

— À Octave ! C'était vraiment ton amoureux, Octave ?

— Oui, je pense, d'une certaine façon. Enfin, je me suis accrochée à lui, en pensant qu'il serait ma solution.

— Ta solution ?

— Oui, ma solution pour cesser de souffrir de l'absence de Pierrot, pour offrir à mes parents l'avenir qu'ils espéraient pour moi... J'avais bien compris que la vie de Pierrot désormais avait pris un autre chemin, plus mouvant, plus brumeux, celui de la mer, de sa mère... J'ai fini par me convaincre que ce n'était qu'un amour d'enfance et que cela ne dure pas.

— Tu crois ? »

Vanille venait de toucher un point sensible. Violette cachait au fond d'elle un amour secret : Matteo Quasimodo, le fils de la concierge de son immeuble, à

Cefalù. Son nom de famille ne lui rendait pas justice, il n'avait rien du bossu de Notre-Dame ! Ses mains de poète et ses cils très longs lui donnaient une grâce infinie. Il avait bien trois ans de plus qu'elle, c'est pourquoi elle n'avait jamais osé lui dire qu'elle le trouvait si beau, qu'elle rêvait de lui la nuit et qu'elle avait gardé comme une relique un petit éventail de papier bleu qu'il avait fabriqué pour s'amuser, un soir d'été, en bas de l'immeuble, et qu'il avait abandonné sur les marches de l'escalier. Elle se donnait le temps de grandir un peu... En attendant, elle s'entraînait à signer son nom sur les pages entières de ses cahiers de brouillon au cas où il voudrait bien d'un mariage avec elle quand elle en aurait fini avec son appareil dentaire et qu'elle serait aussi belle que sa mère. « Violette Quasimodo », avec un cœur sur chaque *i* !

Depuis la mort de Mirella et son arrivée ici, Matteo avait un peu laissé sa place à d'autres préoccupations, d'autres espoirs. Cette question du mariage pouvait être différée, voire reconsidérée. Violette avait de nombreux nouveaux camarades dans son collège qui pourraient fort bien supplanter les beaux yeux de Matteo ! Vanille venait de réveiller son souvenir et il sembla à Violette que le héros de cet amour inavoué lui faisait un dernier salut avant de s'en retourner dans une autre vie. À treize ans, finalement, on renonce assez vite à tous ces mariages jamais consommés !

« C'est ce que j'ai cru à ce moment-là, mais il faut croire que non, puisque je ne l'ai jamais oublié ! D'ailleurs, quand Pierrot a su pour mes fiançailles, il l'a très mal pris !

— Comment il l'a su ?

— C'est ma mère qui le lui a dit, comme pour lui asséner le coup de grâce, pour qu'il comprenne bien qu'il n'y avait plus de retour possible. Elle était revenue quelques jours à Hyères pour régler des papiers, la vente de notre maison, faire ses adieux aux amis que nous avions dans la région. Nous en avions très peu, en réalité. Rosa et Totor étaient peut-être bien les seuls, en fait. C'est Totor qui me l'a raconté. Je ne croyais pas que Pierrot réagirait comme ça !

— Qu'est-ce qu'il a fait ?

— Ça s'est passé à la ferme chez Totor, sous le mûrier. Pierrot était là. Il donnait un coup de main aux champs entre deux croisières. Ma mère a dit : "Dimanche prochain, nous aurons le bonheur de célébrer les fiançailles de Vanina avec un charmant garçon qui comptera sûrement parmi les plus grands ténors de demain !" »

Violette sembla brutalement affectée de la nouvelle.

« Il a dit quoi, Pierrot ?

— Il n'a rien dit. Tu sais, les mots, ça n'a jamais été son truc ! Il a tourné les talons. Il est parti.

— Comme ça ? »

Violette imagina que si une telle déception l'avait frappée (parce que dans son esprit Pierrot ne pouvait pas être moins que déçu !) elle aurait crié, pleuré, donné des coups de pied…

« Oui, il est parti comme ça. Peut-être les dents serrées, mais l'air de rien. Il n'a pas dit au revoir. Je suis sûre qu'à cet instant ma mère était fière de son coup et certaine qu'il avait lâché l'affaire. Mais, au moment où elle a redémarré sa voiture, il a couru vers la portière côté passager, il l'a ouverte et il a jeté sur le siège un lapin ensanglanté. Et il a crié : “Tenez ! Un lapin, pour ce jour de fête !” »

Violette écarquilla les yeux, stupéfaite, un peu écœurée par l'horreur du geste, mais soulagée que Pierrot ait réagi.

« Et le lapin, au bout du compte, c'est moi qui l'ai posé puisque, le dimanche suivant, je ne me suis pas présentée aux fiançailles ! »

À cet instant du récit, Vanille dut s'interrompre pour expliquer l'expression « poser un lapin » à Violette, car la fillette semblait un peu perdue. Était-ce la scène terrifiante du lapin ou les bizarreries de la langue française ?

16.

Croire aux ombres

On ne se défait pas si facilement d'une habitude vieille de dix ans.

Alors, dans la journée, quand elle était en société, Vanille tâchait de se tenir. Pierrot n'était plus là, c'était une chose entendue, depuis que le taulard l'avait formulée brutalement en même temps que toutes les vérités que Vanille s'était appliquée à taire. Tout le monde semblait se réjouir de son retour à la raison.

Mais, le soir, c'était autre chose.

Il lui arrivait encore de caresser le drap de l'autre côté du lit, le côté de Pierrot, désespérément plat. Elle chuchotait, mais Pierrot ne répondait pas. La magie qu'elle avait réussi à créer toutes ces années s'était envolée d'un seul coup. Chaque chose avait repris sa place. Celle de Pierrot, c'était l'absence. Vanille n'avait pas attendu le retour de Pierrot, elle avait juste « fait comme si », comme s'il était près d'elle. Elle lui avait parlé sans jamais s'interrompre depuis dix ans et elle avait imaginé ses réponses. Maintenant, c'était autre chose, elle ne faisait plus « comme si », mais quelques paroles à son adresse lui échappaient encore, à voix basse.

« Elle te ressemble, tu sais… »

Parmi ses moments d'attendrissement où revenait flotter autour d'elle le ravissement des jours heureux, il arrivait de plus en plus fréquemment qu'une rage nouvelle lui monte au ventre. Alors Vanille se mettait à frapper du poing la place vide.

« Pourquoi as-tu fait ça, Pierrot ? Pourquoi n'as-tu rien dit ? Tu disais qu'il n'y avait que toi et moi. Pourquoi avoir gâché tout ça, Pierrot ! »

Sa colère était une douleur qui la faisait se tordre comme si Pierrot venait de lui infliger cet affront, cette trahison, la veille. Elle étouffait ses pleurs acides dans l'oreiller. Il fallait souffrir sans bruit. Sam ne devait pas savoir, il ne méritait pas ce nouveau chagrin. Vanille voulait l'épargner, comme elle avait toujours voulu épargner tout le monde.

Un soir, par mégarde une de ses vagues de détresse surgissant du fond de ses entrailles lui arracha une plainte plus vive et plus sonore qui réussit à franchir la maigre cloison. L'instant d'après Sam grattait à la porte défoncée qu'on s'était contenté de refermer sans réparer la serrure.

« Vanille, tout va bien ? Tu as besoin de quelque chose ? »

Entre la surprise et la honte, Vanille ne put déverrouiller sa gorge. Elle ouvrit la bouche pour dire à Sam que non, que tout allait bien. Mais elle se trouva aphone, incapable d'émettre le moindre son.

Alors Sam entra.

Pieds nus et en peignoir, il longea à tâtons le couloir et vint s'asseoir sur le rebord du lit.

En proie à la tempête, la forteresse dans laquelle Vanille s'était enfermée depuis dix ans prenait l'eau de tous côtés. Sam comprenait. Il était son ami. Il avait toujours été là, au cas où elle en avait besoin. Elle n'avait jamais réclamé son aide que pour des choses futiles, changer un fusible, déplacer un meuble, relire sa comptabilité, réparer la sonnette et vaguement parler du passé, à sa façon, « comme si » rien ne s'était passé dix ans plus tôt !

Depuis le retour de Violette, et sa conversation avec l'ex-codétenu de Pierrot, il était évident que Vanille était submergée. Sam voulait l'aider à écoper ses larmes. Maintenant, il se sentait plus fort. Il avait enfin sa fille auprès de lui. Sa vie retrouvait son sens, il était utile, solide, responsable. Il s'en voulait un peu d'avoir laissé Vanille vivre dans une illusion, dans le passé. Ne pas la contredire, jouer la comédie du déni. Il avait toujours eu conscience que c'était une erreur, qu'un jour il faudrait le regretter, qu'après les rêves, la lumière du jour fait un peu mal aux yeux. Mais il n'avait jamais osé être celui qui dit la vérité, qui fracasse l'espoir. Il s'était juste tu. Se taire, ce n'est pas mentir, c'est laisser faire, laisser croire... Aujourd'hui, il savait que c'était pire que cela. Cette petite lâcheté, cette facilité avait endormi dix ans de sa vie et enfermé Vanille dans une cage aux barreaux d'imposture.

Quand Vanille était revenue seule et désespérée de son voyage de noces, il aurait dû lui dire de partir, de changer de vie, de reprendre ses études, sa carrière, de tourner la page. Elle était encore jeune. À Paris, tout aurait été différent ! Il aurait dû l'attraper par les épaules, la secouer de toutes ses forces pour qu'elle comprenne que, cette fois, c'était bien fini, que Pierrot n'était plus là, qu'il y avait d'autres bonheurs à vivre, d'autres hommes à aimer, autre chose à faire de sa jeunesse que de tourner le dos à l'avenir. Peut-être aurait-il dû la gifler pour l'empêcher de perdre connaissance, de quitter la réalité. Mais les circonstances étaient déjà bien assez violentes et la brutalité n'avait jamais été dans sa nature. Et puis il avait eu ses propres plaies à panser et d'autres chats à fouetter…

Alors, il s'était contenté de répondre « OK » quand elle avait demandé à louer l'épicerie qui était fermée depuis le départ de monsieur Camilleri et dont il avait acheté les murs avec l'appartement attenant en même temps que son salon de coiffure. Lui proposer un loyer dérisoire, la garder près de lui avait été sa façon de l'aider et de tromper sa propre solitude. Au fond, ils se ressemblaient.

Mais c'était stupide ! Sam avait bien conscience aujourd'hui qu'il avait participé à son enfermement, son étouffement. Il ne suffit pas d'avoir un nid et du temps pour réparer les ailes brisées. Il faut avoir un ciel à conquérir pour se remettre à voler. Sam avait eu l'Italie et l'espoir d'y retrouver sa fille. Il s'était démené. Il y avait eu les avocats, les juges, les lois, des armes pour combattre. Même si cela revenait à affronter le vent, les montagnes et la mer tout entière, il avait arpenté des champs de bataille et agité sa colère contre des ennemis qui le tenaient vivant et excitaient son envie. Vanille n'avait rien eu de tout cela. Elle s'était inventé un ciel peuplé de revenants auxquels elle était la seule à croire et dont personne ne revenait jamais.

Au départ, pour Sam, la photo de Pierrot sur l'étagère à bonbons était apparue comme un geste dérisoire, mais utile. Le papier brillant et coloré offre une fenêtre ouverte sur ce qui a été, le temps de s'accoutumer à l'absence. Sam avait bien gardé cette photo de famille avec Pétula et Violette sur le buffet de sa salle à manger ! L'image console un peu du manque, elle fige les sourires comme si les raisons de se réjouir existaient encore. Alors le visage souriant de Pierrot dans un cadre en verre posé sur une étagère, pourquoi pas ? C'est quand Vanille s'était mise à lui parler que Sam aurait dû s'alarmer. Mais, après tout, d'autres parlaient aux plantes vertes, aux arbres, aux chiens, à des statuettes de plâtre, à Dieu ou à toute sorte d'objets silencieux. Il arrivait à Sam de se parler tout seul, à voix haute, même en présence des clientes : « Ouh ! c'est mardi, faut pas que j'oublie de sortir la poubelle jaune », ou encore, à voix basse, les soirs de juin qui précédaient ses voyages en Italie, quand l'urgence du départ le tenait éveillé : « Tiens bon, ma petite Violette, je viens te chercher ! »

C'est pourquoi les monologues de Vanille avec le portrait de Pierrot dans l'épicerie, ces longues conversations qu'il percevait depuis l'autre côté de la cloison, des soirées entières, Sam s'y était habitué. L'étrangeté devient banale à force de se répéter. Il était évident que la photographie avait fini par s'incarner pour Vanille. Pierrot était là. Sam l'avait même surprise à le réprimander pour quelques manquements du quotidien.

Vanille et la photo étaient devenus comme ces vieux couples qui se rabâchent mille fois les mêmes histoires, mille fois les mêmes reproches, mille fois les mêmes désirs jusqu'à l'épuisement. Il y en a toujours un plus impliqué que l'autre. C'était Vanille, évidemment, voilà tout. Pierrot n'était pas causant, pas dérangeant non plus. Il avait le mérite d'être là, d'une certaine façon. Après tout, Vanille n'était sûrement pas la seule à tenter de faire vivre un amour éteint depuis longtemps, à nourrir pour deux l'énergie qu'il faut pour porter sur ses seules épaules et la maison et son commerce.

Si cette petite entorse à la réalité lui permettait d'esquiver la solitude de ses repas, ce trop-plein d'espace dans son lit, sur son canapé, le silence de ses promenades au bord de la mer, le manque de caresses et de réconfort, son unique parfum dans la salle de bains, c'est qu'il est raisonnable parfois de s'en remettre à la folie. Car c'était bien une folie qui s'était emparée d'elle !

En public, la plupart des gens disaient que l'épicière était « un peu originale », mais les plus lucides lâchaient en aparté : « Elle est cinglée, oui ! »

Depuis que la vérité avait fait tinter la clochette de l'épicerie pour venir se ravitailler en bières, depuis qu'elle avait déposé son sac au pied du flamant rose pour soulager ses gros bras tatoués, qu'elle avait désigné du doigt la photo de Pierrot, qu'elle avait ri de le voir prisonnier de son cadre de verre, qu'elle avait prononcé ses regrets sincères en retirant sa casquette des Chicago Bulls en signe de respect, tous les artifices étaient tombés :

« Sacré Pierrot ! C'est pas justice de mourir si jeune ! »

C'était comme si la vérité avait tué Pierrot, une deuxième fois

Il était minuit passé, c'était un peu tard pour se mettre en cuisine, personne n'aurait eu le cœur à manger des spaghettis ! Violette dormait. Sam entendait un petit ronflement régulier depuis sa chambre. Bientôt, on pourrait lui retirer cet appareil dentaire qui gênait sa respiration. Elle serait bien plus belle que sa mère avec ses longs cheveux bruns et ses jolis yeux verts.

Vanille ne sursauta pas. Elle l'avait entendu venir depuis son appartement. Il lui parlait d'une voix douce comme il l'avait fait avec Violette quand elle se réveillait en sueur au milieu de ses cauchemars les premières semaines après son arrivée.

Il lui caressa le front accordant à ses mains le pouvoir d'éteindre la fièvre.

« Raconte-moi Vanille ! Raconte-moi ce qui s'est passé là-bas. Tu ne l'as jamais dit à personne. Il est temps de parler. »

Vanille n'avait jamais rien raconté, parce que formuler les choses valait à les accepter. Et elle ne voulait pas. Si elle se taisait, si elle ravalait tous les mots prêts à résonner, elle avait une chance d'imaginer que ce malheur n'avait pas existé. Tout le déroulement de son voyage de noces au Sri Lanka, le jardin d'Éden, le Pic d'Adam, l'hôtel sur la plage, le drame… tout restait enfoui, muet, nié.

Personne ne savait. Vanille était rentrée seule. Pierrot était mort. On s'était contenté de ces seuls faits. Personne n'avait voulu davantage torturer la jeune mariée. Sa folie aurait pu n'être que passagère. Qui pouvait imaginer que cela durerait dix longues années ?

17.

Sur une île lointaine

« On aurait peut-être dû rapatrier son corps ?

Je l'ai laissé là-bas. Comme nous avons laissé Hortense à Ostende.

C'est sans doute parce que je n'allais jamais sur sa tombe qu'Hortense venait partout avec moi. Nous avions fui sa dépouille pour la forcer à vivre parmi nous. Elle se tenait debout dans la tapisserie avec sa jupe accrochée aux ronces, elle se penchait sur mon épaule quand je faisais mes devoirs, elle courait devant moi sur la plage et je me jetais en avant de toutes mes forces pour la rattraper, elle flottait au plafond des églises pour écouter mes chansons, je lui donnais toute ma voix. Elle poussait ma balançoire, elle avait même mis Pierrot sur ma route ! Maman me répétait sans cesse : je t'assure, elle est là ! Elle t'écoute, elle te voit, elle t'aide. Je portais ses vêtements, je lisais ses livres d'enfant où elle avait parfois laissé de petits mots entre les pages – à mon intention, forcément ! J'essayais de percer ses secrets. J'avais une grande sœur et je ne la trouvais pas si morte que ça...

Je crois que c'est pour garder Pierrot près de moi que j'ai accepté de signer les papiers pour l'incinération là-bas. Ainsi, du mort, il ne serait plus jamais question. Un avocat cingalais, Mario Pereira qui avait été dépêché par l'ambassade, m'avait épaulée pour les démarches. Il parlait très bien français. C'est lui qui a suggéré de régler les obsèques au Sri Lanka.

“À moins que vous n'ayez déjà un caveau de famille ?” m'avait-il demandé.

Mes parents n'étaient même pas venus à notre mariage. Offrir une place à Pierrot auprès d'Hortense était impensable ! Quant à Mirella, personne ne savait exactement où elle avait été enterrée. On ne soupçonnait même pas qu'elle fût encore vivante !

Maître Pereira proposait une incinération, une cérémonie. Il avait des amis qui pouvaient s'en occuper. Il avait même précisé : “Pour une somme modique !”

Moi, je ne souhaitais qu'une chose, qu'on arrête de me parler de Pierrot mort. Et que la vie reprenne son cours, comme si rien n'était arrivé. Alors, autant balayer au plus vite cette histoire de cendres !

On n'a jamais parlé d'obsèques. Ils disaient : *Pamsukûlaya*.

J'ai vu des sourires éclatants de dents blanches sur des visages mats. Le parfum des lys me tournait les sens. Je me souviens vaguement des *kesas** couleur safran des

---

* Vêtement des moines bouddhistes.

moines glabres, d'un brouillard d'encens, de corbeilles de fruits, de rubans multicolores noués aux branches des arbres, de pieds nus, sur des tapis, d'un bouddha endormi, de litanies incompréhensibles. Je cherchais désespérément Pierrot au milieu de la foule. Il n'était pas venu et j'assistais un peu malgré moi à quelque chose qui ressemblait à une fête, mais qui n'avait rien à voir avec nous. L'événement n'était pas inscrit au programme. Les Français de l'hôtel étaient déjà tous partis.

Des moines ont versé de l'eau d'un récipient à un autre. Ce n'était qu'une vie qui s'enfuyait d'ici pour renaître ailleurs. J'ai versé tout ce que contenait l'urne dans l'océan Indien, sur la plage devant l'hôtel. Pierrot rentrerait par la mer et moi par les airs. À l'aller, nous avions volé si près du paradis ! Au retour, il devait bien en rester quelque chose… Je partais le soir même pour l'aéroport de Colombo. J'ai dit à Pierrot : "Rendez-vous demain, à Hyères." Et j'ai quitté ce jardin d'Éden, où j'avais connu l'enfer. »

Planche VIII

Les inséparables

Les inséparables ne s'accordent jamais au singulier !

La vie n'aurait aucun sens sans leur moitié. L'un ne peut survivre sans la présence de l'autre.

Cette fidélité inconditionnelle les lie jusqu'au trépas. On en voit ailleurs qu'à Vérone, mais ces couples-là, romantiques et éperdus, sont des « Roméo et Juliette » à plumes !

Qu'importe leur humeur du jour, leurs rancunes ou leurs petits différents, leur corps-à-corps supporte tout, pardonne tout. Si l'un manque, l'autre en meurt.

Est-ce l'amour qui leur donne si belle mine ? Leur robe d'arc-en-ciel est un avant-goût du paradis.

18.

Espionnage

Violette se réveillait encore parfois en sursaut. Désorientée, il lui fallait plusieurs minutes pour comprendre de quel côté du lit se trouvait la porte, la fenêtre, la commode, à quelle maison appartenait cette tapisserie bleu ciel avec une frise enfantine qui la cernait de toute part. Elle devait fournir un effort pour rassembler les indices, comprendre que Mirella n'était pas dans la pièce à côté, en train de fumer devant la fenêtre donnant sur les escaliers de la cathédrale. Non, elle n'était plus à Cefalù. C'est la voix de Vanille qu'elle entendait à travers la cloison. Elle ne discernait pas clairement les mots, mais le ton lui sembla inhabituel. Elle ne s'adressait pas au fantôme de Pierrot. D'ailleurs, depuis quelque temps, Vanille avait abandonné cette étrange manie.

Avait-elle de la visite, à cette heure tardive ? Cela semblait bien improbable, personne ne venait jamais dans son appartement à part elle, et son père. Elle regarda les chiffres rouges qu'un radio-réveil posé sur sa table de nuit projetait au plafond. Elle lut 12 h 12 et s'amusa de cette coïncidence qui ressemblait à un clin d'œil du temps. Elle prenait cette symétrie des heures comme un signe de chance. Elle pensait que cela n'arrivait qu'à elle. Presque chaque fois qu'elle regardait l'heure, c'était la même blague : 14 h 14, 23 h 23, 16 h 16. Elle attendit 12 h 13 pour s'autoriser à bouger comme si l'instant était trop précieux pour le gâcher, elle voulait goûter pleinement à cette minute d'harmonie.

Sa curiosité la poussa hors du lit. Elle enfila ses chaussons en forme de panda qui traînaient sur le tapis. Un ursidé à chaque pied, elle put patiner en silence sur le parquet jusqu'à la porte de séparation des deux appartements. Elle était ouverte. Elle pensa un instant renoncer, ne pas s'introduire sans autorisation chez Vanille. Mais les pandas aux pattes de velours franchissaient déjà le seuil à tâtons en direction du trait de lumière qui barrait le couloir devant la chambre de l'épicière. Violette glissa doucement vers le sol, le long du montant de bois de la porte, pour se faire toute petite, comme une souris, et elle passa le bout de son nez presque au ras du sol pour jeter un coup d'œil dans la pièce faiblement éclairée par la lampe de chevet.

Au bout du couloir, Pompon se dirigeait en miaulant en direction de la petite souris.

« Chut ! » intima-t-elle au gros chat gris qui vint frotter son échine contre ses bras érigés sur le sol comme deux pattes avant.

De son poste d'observation, elle n'apercevait que le pied du lit sur lequel reposaient les deux longues jambes poilues de son père. La jeune fille se sentit un peu honteuse de les surprendre dans un moment d'intimité.

Pourtant, il ne se passait rien qui lui sembla inavouable. Ils bavardaient simplement. La réunion nocturne ressemblait à une de ces soirées pyjama auxquelles Violette avait déjà été invitée par ses nouvelles camarades de classe. Ce n'était donc pas si grave qu'elle reste un peu ! D'autant que le sujet de conversation de Sam et Vanille l'intéressait au plus haut point : ils parlaient d'amour ! Et même si Matteo Quasimodo avait déserté son cœur, Violette n'avait qu'une idée en tête : percer ce grand mystère ! Aimer et être aimée lui apparaissait comme l'unique raison de vivre sur cette terre. Elle avait treize ans, il serait bientôt temps d'embrasser un garçon, imaginait-elle, en soupirant de satisfaction. Certaines de ses copines l'avaient déjà fait. Au collège, on ne parlait que de cela : embrasser ! Elle résolut de s'installer plus confortablement, en tailleur dans le couloir, avec pompon dans les bras pour que ses caresses assidues le fassent taire.

Vanille poursuivait son récit en faisant des allers-retours dans les différentes époques de son amour pour Pierrot. Au moment où Violette colla son oreille au montant de la porte, il était question d'Octave.

« Octave n'avait été qu'une éclipse. La source de ma lumière, mon soleil, c'était Pierrot.

Mais je me suis laissée convaincre. On a fixé la date des fiançailles. Je n'ai rien dit à Pierrot. Tant que je ne disais rien, l'événement n'existait pas, Octave n'était rien de plus qu'un bon camarade. J'ai menti. Par omission. Et je me suis laissé embarquer dans ce projet, qui était avant tout celui de ma mère, comme tout ce que j'avais fait jusque-là.

— Même le chant ?

— Pour moi, le chant lyrique était un moyen d'expression, un mode de communication. Je voulais chanter par plaisir, pas par obligation. En faire un métier, c'était son idée. Elle a fini par me convaincre que c'était aussi la mienne. "On ne peut pas laisser gâcher ce talent !" disait-elle à mon père pour qu'il accepte de me laisser partir.

Ce qui était un don se mua en devoir. Et je suis partie à Paris pour étudier au conservatoire pour apprendre le solfège et les vocalises sous la baguette de professeurs exigeants qui ne toléraient aucune faiblesse, aucune fantaisie. J'ai dû me plier à une discipline de fer, accepter les sacrifices. Pousser ma voix jusqu'à la rompre. Je ne prenais plus de plaisir à chanter, je ne chantais plus ni pour ma mère ni pour Hortense. Alors, à cette époque-là, le chant lyrique est devenu une corvée. Et ce qui me bottait vraiment, c'était la variété ! Comme Hortense, finalement… Tu savais que Dave était son chanteur préféré et que c'est pour cela qu'on m'a appelée : Vanina-a-a-a ! Mes seuls vrais moments de joie, c'était quand j'écoutais Dalida et Luis Mariano avec madame Bauer.

Au conservatoire, je chantais pour satisfaire mes professeurs, pour ne pas décevoir monsieur Bauer, qui avait cru en moi, pour passer de classe en classe, obtenir un diplôme, une récompense, un morceau de papier tamponné de bleu qui certifiait qui j'étais. Ma seule quête se résumait à devenir la meilleure dans cette compétition au talent.

C'est quelques jours avant la date des fiançailles, quand ma mère est revenue de son voyage à Hyères et qu'elle m'a annoncé qu'elle avait vu Pierrot, que j'ai perdu ma voix. Son prénom m'a poignardée. Je me suis poignardée, comme un châtiment pour nous avoir trahis. Je n'avais pas de parole. Tout ce que nous nous étions promis, je l'avais jeté aux cendres. Je ne me sentais plus digne de lui. Plus aucun son ne sortait de ma bouche. Ma mère était consternée : "Non, mais tu te rends compte, c'est une catastrophe ! Dimanche : les fiançailles. Et jeudi prochain : ton audition. Il faut faire quelque chose ! Tu n'es pas raisonnable. Tu as pris froid ? Tu ne te couvres pas assez, je te l'ai déjà dit. Tu finiras par tomber malade. Comme ta sœur !"

Ma sœur ? Quel rapport ? Elle était morte d'une leucémie. C'est sans doute la seule chose qu'elle ait faite de mal dans sa vie, aux yeux de ma mère. Et elle ne m'accordait de ressemblance avec elle que dans ce qui pouvait la plonger dans le drame : une nouvelle fin du monde qui ressemblait à des fiançailles compromises ou à une audition ratée.

Elle m'a préparé une tisane au thym avec du miel et m'a envoyée me coucher. Ce n'était pas le bon remède. Elle n'imaginait pas quel genre de mal me rongeait. Et, si elle l'avait soupçonné, elle aurait tout fait pour faire taire le symptôme et qu'on ne parle jamais de son origine ! Au fond, ça tombait bien, j'étais aphone.

Tu sais que je n'ai plus chanté pendant plusieurs années après cela ?

— Tu as plaqué le conservatoire à ce moment-là ?

— Oui, et Octave aussi ! Le pauvre... Il a été tellement offensé que je ne me présente pas au restaurant le jour de nos fiançailles ! C'est la première fois que je faisais du mal à quelqu'un de façon consciente. Mes parents ne me l'ont jamais pardonné. C'est pourtant la première fois que j'agissais selon ma propre volonté. »

Violette, cachée dans le couloir, trépignait d'envie de savoir comment les choses s'étaient déroulées, au cas où elle se sente le courage d'évincer un jour un prétendant importun, mais elle se souvint qu'elle était tapie dans l'ombre parce que personne ne l'avait conviée à cette conversation et aussi que, dans un premier temps, il faudrait que des garçons veuillent bien s'intéresser à elle avant de pouvoir refuser leurs assauts ! Elle s'allongea sur le dos pour être plus à son aise afin d'écouter la suite et sans doute parce que le sommeil commençait à peser sur ses épaules. Pompon s'installa en rond sur son ventre.

« Tu sais, à l'époque, on n'avait pas encore de téléphone portable. Je n'avais aucun moyen de joindre Pierrot quand il était en mer. Il fallait que je lui parle avant de prendre une direction qui devait me séparer de lui définitivement. Ma mère avait précisé qu'il travaillait aux champs chez Totor, elle avait souligné cette information d'un petit air hautain et, pour la première fois, je comprenais qu'elle était mauvaise et snob. Il fallait que je lui parle, mais je n'avais plus de voix.

Depuis que mes parents s'étaient installés à Paris, j'avais quitté ma chambre chez monsieur et madame Bauer et regagné le foyer familial où je me sentais comme une intruse. Encore une fois la chambre d'Hortense avait été entièrement reconstituée, comme si n'importe quel soir de la semaine elle pouvait décider de rentrer. Tout était prêt pour son improbable retour, son lit fait, bordé d'une étoffe matelassée de satin rose, ses robes repassées et rangées dans l'armoire, ses photos sur la petite coiffeuse de métal blanc dans le miroir duquel son reflet ne s'était plus projeté depuis deux décennies. Une mèche de ses cheveux blonds ternissait dans un sous-verre près de la veilleuse allumée. Et moi je logeais dans la pièce voisine, comme au cimetière, dans le tombeau d'à côté. Mes affaires personnelles étaient encore presque toutes restées chez les Bauer, je tardais à les déménager. Et voilà que le silence me frappait, tout comme Hortense. Je suis restée cloîtrée deux jours dans l'appartement, à me gaver de miel, à essayer de chauffer ma voix. Rien à faire. C'est ma mère qui répondait à Octave au téléphone pour lui dire de ne pas s'inquiéter que tout irait bien. Juste une petite extinction de voix dont on viendrait à bout avec du repos et de la chaleur. Nous étions samedi, veille des fiançailles. J'ai bien compris que ça ne reviendrait pas. Ma mère a appelé le médecin. "Non aucune fièvre, elle ne souffre pas. C'est assez bénin, à mon avis, mais c'est contrariant ! Pourriez-vous la voir en urgence ? Elle se fiance demain."

Je me suis préparée pour le rendez-vous, mais je n'y suis pas allée. J'ai filé directement chez les Bauer. Lucienne était là. Je lui ai chuchoté que je ne voulais pas d'Octave, que je ne voulais plus chanter. On chante quand on est heureux, n'est-ce pas ? Et, heureuse, je ne l'étais pas. J'avais tout gâché avec Pierrot. Je ne m'en remettrais pas. C'est là qu'elle m'a dit que Pierrot était à Paris, qu'il s'était présenté chez eux la veille, qu'il avait laissé une adresse et un numéro pour que je puisse le contacter ou le rejoindre. Il m'attendait. Elle avait appelé chez mes parents pour me le dire, mais ma mère ne me l'avait pas passée. Elle a dit que j'étais souffrante et aphone, c'était inutile d'insister. J'ai serré Lucienne très fort dans mes bras. J'ai plié quelques vêtements dans une valise, j'ai pris mon flamant rose lumineux sous le bras et je suis partie retrouver Pierrot.

— C'est le flamant rose de ta vitrine ?

— Oui, c'est Pierrot qui me l'avait offert, quand nous étions plus jeunes, un cadeau de fiançailles, comme il avait dit. J'étais déjà fiancée ! Et je l'avais oublié… le flamant rose avait clignoté dans ma chambre, immobile et fidèle, pendant chacune de mes soirées de ces cinq années d'étude. Il a toujours un peu grésillé.

— C'est lui qu'on entend, là, depuis la boutique ? Sam s'était redressé, aux aguets.

— Non, c'est trop loin pour qu'on l'entende ! Et puis je l'éteins quand je ne suis pas au magasin !

— Ça vient du couloir, on dirait. »

Sam bondit hors du lit.

Ce qu'il vit en premier dans l'obscurité fut le museau de deux petits pandas qui le regardaient, une boule de poils qui balançait au rythme des ronflements de Violette endormie de tout son long au milieu du couloir.

19.

Au-delà

Après le Sri Lanka, Vanille avait tout essayé : les médiums, les marabouts, les verres qui égrainent l'alphabet, les tables qui tressautent. Elle avait bien saisi ici ou là un souffle, un parfum, une pression... Il était là, c'était une évidence. Elle voulait le voir, ne serait-ce qu'une fois, parce qu'elle avait besoin de lui dire adieu. Vanille imaginait que sans adieu, il n'y avait pas de départ possible.

Elle ne voulait pas le retenir ici-bas contre son gré. Lui qui avait toujours voulu voler, il n'était pas question de le garder prisonnier de la terre maintenant que le ciel lui appartenait. Elle voulait juste lui dire au revoir, une dernière fois. Au-delà de l'absence, c'est ce que Vanille ressentait de plus douloureux dans la mort de Pierrot : ne pas avoir pu lui dire adieu. C'est sans doute pour cette raison qu'elle refusait de croire qu'il était vraiment parti.

À bout de ressources, les verres vides n'écrivant aucun message cohérent, les tables refusant de tourner, Vanille, quelques semaines après son retour, avait fini par faire la route jusque chez Mireille, car elle se souvenait que, lorsqu'elle était enfant, il s'était passé là-bas une chose étrange. Elle s'était dit que cet endroit était peut-être le lieu approprié pour trouver la faille, le passage vers l'au-delà. Si Pierrot était d'accord pour une dernière entrevue, il aurait sans doute la même idée qu'elle : aller chez Mireille !

À l'époque, Wilhem avait proposé d'emmener sa femme et sa fille dans une de ses expéditions ornithologiques. C'était les vacances scolaires, la destination n'était pas trop lointaine puisqu'il s'agissait de la Camargue et Vanille avait insisté pour que Pierrot soit du voyage. C'était son anniversaire. Wilhem avait cédé et Pierrot avait soufflé les bougies de ses huit ans dans la petite maison au bord de la voie ferrée.

Mireille était garde-barrière, elle était veuve et elle brisait sa solitude en arrondissant ses fins de mois grâce à la location saisonnière des chambres disponibles de sa maison où elle vivait seule depuis de nombreuses années.

Ils avaient passé là une semaine entière, à jouer dans le jardin, à répéter leurs plans de vol sur un nouveau terrain pas plus propice au décollage que les autres, même quand le passage assourdissant d'un train régional semblait pouvoir arracher toutes les plantes du potager.

Vanille prenait des coups de soleil et Pierrot avait les bras et les cuisses dévorés par les moustiques. La Camargue, son soleil et ses insectes piquaient la peau de toute part. Constance tartinait les enfants de crème pour calmer les brûlures et les démangeaisons, elle réparait aussi les genoux écorchés. Mireille préparait de bons goûters très simples qui ressemblaient à des petits déjeuners : grands verres de lait frais et tranches de pain grillé. Les enfants s'étaient très vite attachés à cette grosse femme simple et bonne qui ponctuait ses phrases de gros mots savoureux.

« Attention, Mireille ! Tu as un moustique, là ! »

Pierrot levait la main en essayant de bien viser pour préparer la tape fatale.

« Mais laisse-la donc tranquille ! Faut bien qu'elle bouffe, cette pauvre bête ! »

Mireille ne chassait pas l'insecte, lui accordant la pitance en l'autorisant à sucer son sang à travers le cuir insensible de son avant-bras potelé. Elle était rude et brave.

La chose s'était passée le dernier soir des vacances, alors que tout le monde avait veillé tard pour prendre le frais sur la terrasse dans le parfum des bougies à la citronnelle.

Vers minuit, Pierrot et Vanille étaient couchés dans une chambre du couloir entre celle de Mireille et celle des parents de Vanille. Pierrot avait fini de se gratter, mais il ne dormait pas encore tout à fait. La Biafine avait apaisé la peau brûlée de Vanille sous laquelle ses muscles se relâchaient lentement. Le sommeil l'emportait. Au pied des deux petits lits, séparés par une table de nuit, se trouvait une grosse armoire ancienne décorée d'arabesques, et de chaque côté de l'armoire était disposée une chaise.

« Vanille, Vanille ! Tu dors ? »

Vanille se tourna vers Pierrot en essayant douloureusement de s'extraire du poids qui l'entraînait vers les profondeurs inconscientes.

« Oui, je dors ! Qu'est-ce qu'il y a ? »

Vanille ouvrit faiblement les yeux. La pièce était presque parfaitement obscure, parce qu'on avait fermé les volets et que c'était une nuit sans lune.

« Y a un monsieur, là, sur la chaise. »

Vanille s'était rehaussée sur son coude et soudain, elle l'avait vu !

Cette image l'avait frappée au ventre et elle l'avait emportée avec elle en se réfugiant sous les draps, son cœur déchaînant des coups violents dans sa poitrine. Était-il possible qu'un homme soit assis là ? Elle observait assidûment le souvenir tout frais de cette image incompréhensible et surnaturelle. Il était là, paisible, comme un veilleur de nuit. Un vieux monsieur au crâne chauve, le visage tendre, les yeux baissés, le corps voûté, lumineux et transparent.

Il n'était pas effrayant. C'est cette vision anormale, incongrue, incompréhensible qui faisait que son cœur s'emballait sous le stress. À bien y réfléchir, il avait même plutôt l'air gentil, cet homme, ou du moins inoffensif.

Vanille essayait de se raisonner. « J'ai rêvé ? Comment cela est-il possible ? »

Elle ne dormait pas. Elle entendait Pierrot chuchoter :

« Tu dors ? Vanille ! Tu l'as vu ?

— Oui, je l'ai vu ! Chut ! »

Peut-être que sans bouger, dans le silence, il allait s'évaporer.

À part quelques passages de trains, il n'y eut aucun bruit. Vanille passa le reste de la nuit à s'interroger, à ne pas oser regarder à nouveau, étouffant sous la chaleur du drap qui couvrait son visage. Est-ce que Pierrot était encore éveillé lui aussi ? La nuit semblait interminable. Lorsque la lumière de l'aube filtra enfin sous l'étoffe, Vanille sortit son nez à la recherche d'air frais et elle ouvrit enfin les yeux : il avait disparu, et Pierrot dormait, la tête sous l'oreiller, le visage tourné de son côté.

Ils en avaient parlé ensemble dans la journée, pour se rassurer, se confirmer qu'ils n'avaient pas rêvé ou été victimes d'une hallucination. Le phénomène les intrigua beaucoup. Ils cherchèrent quelques explications raisonnables qu'ils ne trouvèrent pas. Ils décidèrent finalement de garder le secret. Les aurait-on crus ? On ne croit pas toujours les enfants de huit ans : trop d'imagination ! On leur dit d'arrêter de raconter des bêtises. Ils ne voulaient passer ni pour des fous ni pour des trouillards.

Pourtant, une enquête assez rapide avait permis de savoir qui était le vieux monsieur transparent qui avait passé la nuit dans leur chambre puisqu'il était en photo sur le buffet de la salle à manger.

« Mireille, c'est qui, lui ? avait demandé Pierrot en désignant le portrait en noir et blanc du vieil homme.

— Peppino, mon brave mari !

— Et il est où ?

— Au Ciel, peuchère ! »

Mais Vanille et Pierrot savaient, eux, qu'il n'était pas parti si loin puisqu'il avait passé la nuit sur la chaise entre le mur et l'armoire. Ils préférèrent garder pour eux cette incongruité qui cessa de les tracasser assez vite. Vanille imagina même que si elle avait osé regarder plus longuement, elle aurait peut-être aperçu Hortense sur l'autre chaise. Elle s'en voulut un peu de ce manque de courage qui lui avait peut-être fait rater l'unique visite de sa sœur. Puisque le phénomène ne se reproduisit jamais, Vanille en avait déduit qu'il en coûtait aux morts de venir veiller les vivants sur des chaises dans l'obscurité et qu'ils avaient sûrement bien d'autres choses plus intéressantes à faire dans leur ciel immense. Pierrot, quant à lui, n'en parla plus jamais, comme si cela n'était jamais arrivé.

Mais depuis son retour du Sri Lanka cette idée obsédait Vanille. Si cette rencontre étrange s'était produite avec le mari de Mireille qu'elle ne connaissait pas, peut-être cette chambre offrait-elle une porte entre les deux mondes ? C'est pourquoi, plus de vingt ans après, Vanille y était retournée dans l'espoir d'entrevoir Pierrot. Elle se promit de ne pas avoir peur et d'oser le regarder, lui dire combien elle l'aimait, combien son départ était un déchirement. Elle souhaitait lui dire adieu, tout simplement.

Retrouver une maison où elle n'était allée qu'une fois et dans laquelle elle n'était pas revenue depuis si longtemps semblait une entreprise un peu folle. Mais, puisqu'elle se souvenait du nom de la localité, il suffirait de suivre la voie ferrée jusqu'à la sortie du village ou simplement demander la maison de Mireille.

Vanille venait de s'installer dans l'épicerie de monsieur Camilleri grâce à Sam qui lui louait le magasin et l'appartement pour une somme symbolique, juste assez pour qu'elle ne puisse imaginer qu'il avait pitié d'elle et qu'il lui faisait la charité. Il n'était jamais question d'argent entre eux. Cette aumône était celle d'être deux, à leur façon, en silence. Les deux appartements et les deux boutiques en miroir avaient reflété leur misère pendant dix ans. Leurs finances respectives n'étaient pas indigentes puisqu'au fond les affaires marchaient plutôt bien. C'était une misère de cœur, celle du manque, du vide, de l'absence. Pourtant, l'une comme l'autre offraient sur leur façade le scintillement d'une lumière artificielle : l'enseigne « Chicky » de Nicole et le flamant rose du Macumba.

Cette boutique pour Vanille était l'accomplissement d'un rêve d'enfance. Mais comment réaliser seule un rêve que l'on a fait à deux ? C'est pourquoi Vanille avait pris la route à la recherche de Pierrot, jusqu'en Camargue, dans sa Twingo bleu ciel. Sur cette terre de marécages et d'oiseaux, Vanille savait qu'il existait un passage entre cette vie et celle d'après, un point de rencontre possible. Et Pierrot le savait aussi.

La barrière de chemin de fer avait été automatisée, les trains continuaient à passer, l'un cachant parfois l'autre, et la maison était toujours là, beaucoup plus petite que dans son souvenir. De part et d'autre du portillon, deux énormes buissons d'hortensia avaient dévoré la clôture.

Vanille agita la clochette rouillée dont le tintement étouffé ne pouvait plus prévenir personne. Elle pénétra dans le jardin rendu à son état sauvage. Les convois bruyants de courant d'air avaient fini par arracher tout le potager. La terrasse était couverte de feuilles déposées là, en un épais tapis, par plusieurs saisons. Quelqu'un avait écarté le rideau de la fenêtre de la cuisine pour observer Vanille. Elle aperçut un visage flou derrière la vitre, un visage de fantôme, fait d'ombres et de reflets. C'était bien elle ! C'était Mireille ! Quatre-vingt-dix kilos et quatre-vingt-dix printemps appuyés sur une canne. Quand la fenêtre s'ouvrit, Vanille expliqua qui elle était en parlant très fort, à cause de l'âge de Mireille et du passage d'un train déjà fuyant dans le lointain.

« Pas la peine de gueuler, je suis pas sourde ! »

Vanille baissa le volume :

« ... nous avions passé une semaine de vacances ici, il y a un peu plus de vingt ans.

— Oh, pute borgne ! Si je me souviens ! Le père photographe, la mère dépressive et les deux gosses qui se jetaient depuis les tables, les chaises et les escaliers, toute la journée ! Des Belges ou des Hollandais, quelque chose comme ça...

— Oui, c'est ça !

— Tu sais, il en est passé du monde ici... Heureusement, j'ai pas encore attrapé Alzheimer ! Qu'est-ce qui t'amène ici, petite ? Tu as oublié quelque chose ? Les chambres ne sont plus à louer, tu sais ! J'ai quatre-vingt-dix berges et de l'arthrose plein les poignets ! »

Elle n'attendit pas la réponse, referma la fenêtre et vint ouvrir la porte d'entrée.

Assise devant la table de la cuisine, les deux mains jointes sur la toile cirée collante, Vanille raconta tout ce qui s'était passé depuis toutes ces années à Mireille. Elle lui dit tout : l'enfance heureuse à Hyères, l'amitié qui s'était transformée en amour, le départ à Paris, son retour, la prison, les paysages de Ceylan, la mort de Pierrot. Il est parfois plus facile de s'ouvrir à des oreilles étrangères. Et Mireille écoutait ce flot de paroles ininterrompu sans broncher. À cette époque-là, Vanille n'avait encore révélé à personne les circonstances qui avaient ôté la vie à Pierrot et elle les avait tues encore pendant les dix années suivantes.

Après son récit, Mireille invoqua à nouveau les « putes borgnes », les « fan de chichourle » et les « pétard de sort ». Elle s'étonna que Vanille la questionne sur son mari. Elle lui expliqua qu'elle avait vécu plus longtemps veuve que mariée, mais que, d'après ce qui lui restait de souvenirs, Peppino était un brave homme !

Vanille comprit, dans un frisson, qu'elle venait déjà, en quelques semaines, de vivre plus longtemps veuve que mariée et la possibilité que ses propres souvenirs puissent s'effacer noua sa gorge et oppressa sa poitrine. Elle se jura à elle-même de cultiver chaque souvenir, comme une fleur qui ne flétrirait jamais, et elle observa par la fenêtre le buisson d'hortensias du jardin de Mireille qui envahissait tout en proliférant à chaque printemps. C'était comme un clin d'œil d'Hortense. Il y avait bien une ouverture vers le ciel au-dessus de cette maison. C'était peut-être le passage des trains qui avait creusé le chemin…

Outre la mort, qui semblait une chose naturelle pour Mireille et à laquelle elle semblait même se résigner pour elle-même, ce fut surtout l'histoire de la prison qui retint l'attention de la vieille dame et activa le mieux sa mémoire.

« Je sais ce que c'est la prison, j'y rendais visite à mon père. »

Vanille resta soufflée par cette confidence livrée sur un ton anodin. Mireille se leva pour verser un peu de vin blanc dans deux verres de cuisine.

« Allez ! *In vino veritas* et cul sec ! » Mireille maniait le latin aussi bien que les gros mots.

Elle avala tout le contenu de son verre en une seule gorgée.

Vanille chercha du regard la pendule au-dessus de l'évier à laquelle son interlocutrice tournait le dos. Elle, qui tâchait toujours d'être docile et raisonnable en faisant ce que l'on attendait d'elle, avait besoin de l'approbation d'une autorité. La pendule indiquait si c'était bien l'heure de faire les choses, comme se rincer le gosier au vin blanc en pleine après-midi.

« Il est seize heures trente-deux ! »

Et c'était vrai ! Mireille pouvait donner l'heure sans se tromper d'une seule minute. Elle avait gardé la barrière pendant plus de trente ans et même si les horaires des trains avaient changé, le défilé régulier du temps était inscrit en elle.

« Y a pas d'heure pour trinquer ! Ça va te requinquer. Quand la vie nous escagasse, il faut savoir trouver le bonheur où il est ! Bois un coup, vaille ! À la tienne ! »

Les deux verres s'entrechoquèrent au-dessus de la toile cirée, de la boîte à sucre et d'une éponge oubliée là.

Cette visite impromptue dans la vie parfaitement réglée de Mireille ouvrait une possibilité, celle de faire un pas de côté : boire un canon à l'heure du goûter et convoquer quelques fantômes autour de la table.

Mireille et Vanille, qui ne s'étaient croisées qu'une seule semaine dans toute leur vie, se déballaient l'une l'autre tous leurs secrets, tous leurs chagrins, tous leurs regrets.

« Je ne suis pas d'ici, tu sais, et mon brave mari non plus, il n'était pas d'ici. C'était un manœuvre italien. Sur les chantiers, on l'appelait le Rital, le Macaroni... Aucun père, dans tout Marseille, n'aurait donné sa fille à cet apatride, pauvre comme Job. Mais moi, mon père, il n'a pas eu son mot à dire. À l'époque, j'habitais au quartier de La Capelette, dans la maison où j'étais née et où mon père avait tué.

Peppino, il ne parlait presque pas français, juste ce qui suffisait pour comprendre les ordres et les insultes du contremaître. Mais je crois qu'il savait très bien ce que les gens voulaient dire quand ils les entendaient m'appeler : la fille de l'assassin. Et il m'a épousée quand même.

Tu sais, moi non plus, sans lui, j'aurais jamais pu me marier. À part lui, qui aurait pu vouloir de la fille de l'assassin ?

Peppino, il m'a bien voulue.

Alors, comme on n'avait nulle part où aller, et pas de famille, on a suivi le train et on est venu ici. Ici, c'est vraiment un coin où les gens viennent quand ils ne savent pas où aller, tu sais... D'ailleurs, c'est sûrement pour ça que tu es venue, pas vrai ? Une terre plate comme une excuse, infestée de moustiques et écrasée de chaleur. Bien sûr, il y a les oiseaux... mais ils ne font jamais que passer ! Y a guère que les taureaux pour faire les fiers et esquiver les coups du sort.

Bref, avec Peppino, on s'est dit qu'ici, on serait pas plus mal qu'ailleurs.

Mon père est mort à la prison des Baumettes où le fantôme de mon frère ne le laissait jamais tranquille. Le coup était parti tout seul quand mon frère avait voulu le désarmer. Un fusil de chasse grand comme ça ! Il buvait, mon père, et il entrait dans des colères terribles. Ce jour-là il s'en était pris à ma mère, il la visait avec son fusil. Moi, j'étais petite, je n'ai rien pu faire, mais j'ai tout vu. Je crois qu'il ne l'aurait pas tuée. Il la menaçait, c'est vrai, et c'était pas la première fois ! Mon frère s'est interposé et le coup est parti tout seul. Le coup est parti tout seul... Ma mère, elle est morte de chagrin, peuchère. Faut pas mourir de chagrin ! C'est une lâcheté. Ça ne sert à rien ni à personne et ça rajoute du malheur à ceux qui restent. Je te dis ça, parce que je vois bien qu'avec ton nez rouge et tes yeux gonflés, tu pourrais bien être du genre à te laisser aller ! Bref, ma mère, elle est restée là-bas, au cimetière de La Capelette entre mon père et mon frère. Empilés tous les trois à bouffer les pissenlits par la racine bien avant l'heure, quel gâchis ! J'espère qu'ils sont réconciliés maintenant et que ce ne sera pas trop le bordel là-haut quand je vais me pointer, parce que je sais que ça ne va plus tarder, vaille... Allez tiens, finissons la bouteille ! Buvons jusqu'à la lie ! »

Elles avaient parlé tard dans la soirée, cette jeune femme éplorée et cette vieille dame endurcie. Elles avaient bu aussi, puis Mireille avait offert la soupe dans laquelle trempaient quelques morceaux de pain rassis et elles avaient même fini par s'embrasser à cause de tout ce qui les rassemblait et parce qu'elles s'étaient senties moins seules, de quinze heures quarante-sept à vingt-trois heures trente-quatre.

« Si tu veux rester dormir, faudra faire ton lit, moi j'ai plus la force et l'aide à domicile ne vient qu'un jour sur deux. Mais je me débrouille... Les draps sont dans l'armoire, tu te souviens du chemin ? »

Vanille n'avait pas dormi, ou bien c'est ce qu'elle croyait. Elle s'était étendue sur le drap propre qui sentait le bois rance des planches de l'armoire et un vague parfum de lavande. Et elle avait attendu, attendu... Les yeux rivés sur les deux chaises de chaque côté de l'armoire jusqu'à ce que plus aucun train ne fracasse le silence, jusqu'à ce que l'obscurité ait avalé tout l'espace.

Mais Pierrot n'était pas revenu lui dire adieu.

Le petit jour s'était levé sur sa douleur et sa déception. Son chagrin la rendait folle. En quittant la maison de Mireille, il lui sembla saisir des paroles suspendues dans l'air frais au-dessus des hortensias du jardin :

« Si je ne suis pas revenu, c'est que je ne suis pas parti. »

Vanille s'installa au volant et Pierrot sur le siège passager. Il rentra avec elle à l'épicerie et n'en sortit plus.

20.

La clientèle

Parmi les clients de l'épicerie, il y avait les habitués, les nouveaux venus, les gens de passage, les pressés à qui il manquait toujours un œuf pour faire une quiche ou ceux qui ne venaient que pour bavarder un peu.

À chacun, Vanille réservait le même accueil. Elle était souriante. Son sourire c'était un peu comme le flamant rose de la vitrine, toujours allumé, en équilibre entre extérieur et intérieur, une politesse, une lumière. Si Vanille avait su peindre, elle aurait pu faire le portrait de chacun d'eux, en procession, comme Courbet avait peint l'enterrement à Ornans de la mansarde d'une petite chambre sous les toits... Un immense tableau de villageois, c'est ce qu'elle aurait fait, parce que le quartier du centre d'Hyères ressemblait à une petite bourgade d'autrefois avec ses potins, ses ragots, ses aventures extraordinaires et ses histoires banales. On se connaissait, on s'aimait, on se détestait et souvent on ne savait même pas pourquoi.

Vanille ne peignait pas, mais elle savait chanter. Chacun des habitués qui entrait dans la boutique était accompagné de sa petite musique, comme un leitmotiv que Vanille avait choisi en fonction de son histoire, de sa personnalité, d'une anecdote glanée au détour d'une conversation. Pour les nouveaux venus, la mélodie naissait de leur démarche, du son de leur voix ou de son humeur du jour. Elle n'hésitait jamais à donner de la voix. Au point que chacun pouvait penser qu'elle ne chantait jamais autre chose que cet air-là, le leur.

Quand ils étaient plusieurs dans le magasin, autant que le permettait l'espace relativement exigu, empli de victuailles et produits ménagers de toutes sortes, toutes les musiques se mélangeaient dans sa tête au point de créer une cacophonie qu'elle gardait pour elle. Vanille cessait de chanter à haute voix. Elle préférait les conversations à deux ou trois, pas plus. Le monde l'étourdissait, c'est pour cela qu'elle sortait peu. Elle aimait la mélodie de chacun qui résonnait comme une confidence au fond de son épicerie.

Vanille avait attribué les grands airs d'Offenbach à madame Amoretti. Elle venait très régulièrement chercher une bombe à poussière pour lustrer les cent cinquante bibelots qui ornaient son salon. Madame Amoretti ressemblait à une aigrette huppée, cheveux blancs crêpés, chemisiers brillants et talons de douze centimètres. Elle mentait sur son âge et avouait toujours préférer son ex-mari à celui d'aujourd'hui. Tout était mieux avant. Avant, quand elle était jeune…

Pour Sophie, c'était le *Boléro* de Ravel, que Vanille chantait, bouche fermée, une musique lancinante qui annonce quelque chose qui n'arrive jamais. Sophie avait deux ans de plus que Vanille, elles se connaissaient depuis l'enfance. C'était la voisine de Pierrot dans l'immeuble qui réunissait à chaque étage quatre familles sur un même palier. Sophie non plus n'avait jamais quitté le quartier. Elle aurait dû partir, s'enfuir, pensait Vanille. Mais elle était restée. Sophie était un oiseau blessé, incapable de voler, une grosse caille abîmée par un chasseur. « Une traînée », voilà ce que tout le monde disait et depuis longtemps, depuis qu'elle était enfant. C'était une petite vicieuse, affirmaient les grands, et personne n'avait cherché plus loin. Elle était restée ce que l'on pensait d'elle. Elle avait toujours été laide et elle cachait sa figure boutonneuse sous de longs cheveux gras. Vanille se souvenait que personne ne l'aimait, même petite. Sauf ses parents, peut-être... Un peu trop, qui sait ?

Vanille avait joué avec elle, plusieurs fois, dans la cage d'escalier, en attendant Pierrot. Elle était gentille, Sophie, elle voulait jouer comme toutes les petites filles. Mais elle était bizarre, aussi. Vanille ne comprenait pas pourquoi Sophie enlevait tout de suite sa culotte et se couchait dans l'escalier pour jouer à la visite médicale. Jouer à la visite médicale, c'était une drôle d'idée. Sophie avait tout un petit nécessaire en plastique dans une mallette d'infirmière que lui avait offert le père Noël : un stéthoscope, des instruments inconnus, une fausse seringue, des pansements, une compresse. Vanille redoutait l'instant où Sophie enlèverait sa culotte pour se faire ausculter. Vanille préférait arrêter de jouer. Elle cherchait toujours une excuse pour se défiler. Cet étrange jeu avait instillé en elle une peur panique du docteur et de la visite médicale de l'école. Elle s'appliquait à ne jamais tomber malade et se raidissait lorsque l'infirmière scolaire lui collait le timbre sur le bras pour vérifier que son BCG était toujours actif. Mais personne n'avait jamais demandé à Vanille d'enlever sa culotte et c'était tant mieux ! Elle était bizarre, Sophie, quoiqu'elle fût aussi gentille. Depuis la cour de son école privée qui faisait face à l'école publique, Sophie faisait un signe à Vanille de l'autre côté de la grille pendant la récréation. Personne ne jouait avec elle. Vanille ne s'en étonnait pas, elle savait que c'était trop bizarre de jouer avec elle ! À quatorze ans, Sophie avait eu son premier enfant. Puis trois autres. Et personne ne s'était jamais inquiété de savoir qui était le père. Puisque Sophie était une traînée… Elle déplaçait son corps lourd en ondulant dans l'épicerie de Vanille à qui elle était restée fidèle comme à une amie, qui sait tout, même si elle n'a pas tout compris à temps. Tant pis. Et la petite musique du *Boléro* avançait comme une menace. Elle était bizarre, Sophie.

Avec Anisette, c'étaient les tropiques qui entraient dans la boutique, un paon superbe qui faisait la roue. Et immédiatement, une chanson de Claude François naissait aux lèvres de Vanille : « le lundi au soleil… ». Anisette était une authentique Claudette à la retraite. Elle avait suivi Cloclo dans une centaine de spectacles, elle avait dansé sous les lumières et, dans ses yeux, brillaient encore quelques paillettes. Elle était encore si belle, Anisette ! Avec elle, Vanille épuisait tout le répertoire de Claude François. Anisette était une des rares clientes à ne pas avoir un seul air attitré : immanquablement, elle se mettait à chanter avec l'épicière. Elle était la danse et la musique, chacun de ses pas était une chorégraphie. Il y a des personnes ainsi, qui dansent leur vie. Anisette vivait modestement, car ses heures glorieuses étaient loin derrière elle. À 70 ans, elle se réjouissait d'un rien. Elle portait des bottes qui claquaient sous ses pas, ne mangeait guère que de la salade verte, des vermicelles avec des bouillons cubes achetés chez Vanille. Elle avait la même ligne qu'à ses vingt ans. Sur l'avenue Gambetta, on la saluait toujours comme une vedette, même si les plus jeunes n'avaient aucune idée de qui était Claude François, de ce qu'était une Claudette.

Et puis il y avait les concertos pour mandoline des enfants de l'école primaire, quelques pères, quelques grands-pères, des Pierre et des loups, un casse-noisette, des chabadabada et beaucoup d'airs d'opérette. L'épicerie était une caisse de résonance où se croisaient mille mélodies, celle des vaillants comme celles des malades, des bienheureux et des malfaisants, des morts et des vivants.

Vanille s'y était enfermée, depuis dix ans, entre rêve et réalité, entre passé et présent. Son gros chat Pompon tournait en rond sur le carrelage. Le canari dans sa cage, c'était elle.

Mais, désormais, une porte avait été ouverte. Le fantôme de Pierrot s'était envolé en même temps que la photographie dans son cadre de verre.

PLANCHE IX

Le canari

De toutes les carrières de canari, la plus réussie est celle de Titi ! Pour une star internationale de dessins animés, combien périrent au fond des mines de charbon pour prévenir du danger ? Combien vécurent reclus des vies entières à gazouiller sur les balcons ?

Bien sûr, comme tous ses congénères, Titi connaît aussi quelques dangers, puisqu'un « vilain rominet » rôde toujours dans les parages. Mais Titi se moque bien du chat de mémé et il conserve sa bonne humeur en toutes circonstances. Titi est le plus futé : même s'il ne vit qu'en semi-liberté, il a plus d'un tour dans son sac et de la malice à revendre.

Le canari est la preuve que, même tout petit, même si fragile, on peut être utile et rusé.

À travers les barreaux de sa cage dorée s'envole le chant de la liberté.

21.

Bon voisinage

Sam était bien placé pour savoir que la meilleure des thérapies pour réparer les chagrins féminins tient en un protocole universel et infaillible : s'offrir une bonne coupe de cheveux et raconter tout ce qui pèse sur le cœur. Il était un virtuose des ciseaux et savait écouter. Il embauchait parfois quelques apprenties, mais la plupart du temps il travaillait seul. Il s'occupait de chaque cliente, l'une après l'autre, se consacrant pleinement à chacune, du shampoing au brushing. Son salon ne désemplissait pas. Il connaissait les secrets intimes d'une bonne partie des dames du centre de la ville. Il acquiesçait, s'extasiait, s'exclamait, et ne laissait jamais rien échapper de tout ce qu'il savait. Ses fauteuils en skaï rose avaient aidé plus de femmes que les divans des psychanalystes. Sam n'intervenait pas, ne suscitait rien. Les femmes venaient lui confier leur chevelure, leurs soucis, leurs succès, leurs amours et leur désarroi.

La seule qui n'avait jamais goûté ces instants de soulagement auprès de lui, c'était Vanille. Elle refusait obstinément qu'il touche à ses cheveux. Depuis dix ans, elle les avait laissé pousser. Ils tombaient désormais jusqu'à ses fesses, elle les nouait en chignon ou les tissait en tresses. Elle égalisait elle-même les pointes au-dessus du lavabo de sa salle de bains, quand elle jugeait qu'ils fourchaient trop pour pouvoir les discipliner sans peine. Et pour ce qui est de la parole, elle s'était débrouillée seule aussi. Sa vie n'était qu'un grand soliloque que seules venaient interrompre les contingences du quotidien.

Sam en éprouvait désormais du regret. Il avait cru comprendre sans écouter. Il s'était imaginé que la laisser se débrouiller avec ses fantômes, c'était respecter son histoire et son chagrin. Sam avait toujours trouvé Vanille courageuse, touchante et si fidèle ! Il éprouvait pour elle une amitié sincère. Or, que peut-on offrir de plus beau aux gens que l'on aime ? La plus grande preuve d'amour, n'est-ce pas donner ce que l'on n'a pas ? Comme du temps...

Sam n'avait jamais pris le temps. Il n'avait consacré le sien qu'à lui-même : gagner sa vie, courir après une femme qui lui avait échappé et chercher inutilement sa fille. Vanille et lui avaient vécu dix ans côte à côte, et il ne savait presque rien d'elle. Il avait toujours été plus ou moins jaloux de Pierrot, mais pas à cause de Vanille, à cause de Pétula ! Combien de fois avait-il saisi le désir dans les yeux de sa femme quand elle dévisageait Pierrot ? Pierrot le jeune homme, Pierrot l'insouciant, Pierrot le fou ! Il était bien plus jeune qu'elle, mais il n'était plus un enfant, il avait la beauté insolente de la jeunesse, l'habitude de la liberté et l'insouciance en bandoulière. Sam avait frémi plus d'une fois. Et s'il lui prenait Pétula ? Pierrot, c'était le rire et la transgression, il se jouait des règles et des lois. La vie n'était qu'une plaisanterie. Il vivait comme l'oiseau sur la branche.

La maturité de l'âge avait fait de Sam un homme sérieux et raisonnable, « ennuyeux », disait Pétula quand elle était d'humeur blessante. Pierrot pouvait à tout moment offrir un chemin de traverse. Bien sûr, Pétula aurait pu être la première à s'y engouffrer. Sam avait tellement craint qu'elle parte !

Et elle était partie.

Mais pas avec Pierrot. Le danger ne vient pas toujours d'où l'on croit !

Il y avait d'abord eu les deux ans de prison, de quoi refroidir les élans de sa femme, puis le mariage avec Vanille pour le rassurer tout à fait. Et c'est au moment où Sam avait baissé la garde que Pétula s'était enfuie. Pierrot n'était plus un rival, et voilà qu'il était mort et ses cendres éparpillées dans un océan lointain. Sam avait le chic pour les rendez-vous manqués, ceux de l'amour comme ceux de l'amitié. Était-ce une fatalité ? Il se dit que non et qu'avec Vanille il pouvait rattraper un peu du temps gâché, comme il était en train de le faire avec sa fille adorée.

Le moment était venu de donner du temps aux deux seules personnes qui comptaient dans sa vie : Violette et Vanille. Sam prit l'habitude de se rendre quotidiennement chez Vanille, pour l'écouter, la découvrir, lui parler. Il s'endormait parfois près d'elle. En ami. Un ami qui offre sa présence, son réconfort, son temps. Il se mit à la trouver jolie. Elle l'attendait désormais chaque soir, en chemise de nuit. Les cheveux, éparpillés sur ses épaules, tombant en cascades sur les oreillers. Aucun geste trop appuyé, seulement de la douceur et de l'amitié. Vanille était comme une sœur, de dix-huit ans sa cadette. Il n'aurait jamais osé franchir d'autres limites que celles d'une tendresse partagée car, quand la vie vous malmène, vous éprouvez une affection singulière pour les autres âmes éprouvées. C'était ce que ressentait Sam pour Vanille. En plus de la trouver jolie...

Quelque chose de nouveau était en train de se construire entre eux et cela passait par la parole et le temps accordé.

Violette n'était pas en reste. Le premier soir, Sam l'avait ramassée, endormie sur le parquet, dans le couloir, comme un moineau tombé du nid. Elle voulait en être aussi. Il l'avait doucement portée jusqu'à son lit pour que chacun regagne sa place dans cet étrange manège de la vie où les uns et les autres avaient été un peu bousculés et où tout était à réinventer. Les deux appartements ne faisaient plus qu'un. Il fut décidé que la porte ne serait pas réparée et qu'il suffirait de toquer pour s'annoncer. La même règle s'imposait à Violette à qui son père avait gentiment recommandé de ne plus épier.

Le lendemain matin, Violette avait réclamé à Vanille la suite de l'histoire, comme un de ces mythes fondateurs qui expliquent la vie et aident à grandir.

Son charmant accent chantant trahissait les nombreuses années de son enfance passées en Italie, mais elle s'exprimait désormais en français sans aucune difficulté :

« Je ne voulais pas vous espionner, tu sais, mais j'aimerais bien savoir ce qu'il s'est passé, tu comprends. Comment tu l'as retrouvé, Pierrot ? »

22.

Ceux que l'on croise

« L'important, ce n'est pas l'endroit où l'on est, mais le chemin que l'on emprunte ! Et à chaque carrefour, vient le moment du choix. Il est bien rare que l'on prenne la décision tout seul. La vie est faite de rencontres qui redessinent la carte de nos vies. Tant qu'on est petit, on ne choisit pas. On donne la main, on suit. C'est comme cela que, petite fille, je suis arrivée ici, que tu es partie en Sicile. Mais ce qui compte vraiment sur le chemin, c'est celui qui t'accompagne.

Moi, tu vois, ma première décision, en quittant l'enfance, fut de suivre Pierrot. Je crois qu'au lieu d'avancer j'ai choisi le retour…

— Vous êtes revenus à Hyères ?

— Pas tout de suite. Nous avons vécu quelque temps à Paris, dans l'appartement d'un ami de Pierrot qui était en voyage. Je ne le connaissais pas, il nous logeait gratuitement. Pierrot l'avait connu sur les bateaux quand il travaillait avec sa mère. Il avait renoncé à la mer pour moi, c'était un gros sacrifice financier. Nous vivions de peu. J'ai d'abord travaillé dans un journal où je rédigeais des chroniques sur les spectacles lyriques qui se jouaient à Paris. Et Pierrot faisait différents petits boulots, tout ce qui se présentait. Il était principalement serveur dans des bars de nuit. Notre vie ne ressemblait pas vraiment à ce que nous avions imaginé, mais notre amour nous faisait tout supporter. On ne gagnait pas beaucoup d'argent, mais le peu que nous pouvions économiser, nous le mettions de côté pour notre projet : racheter l'épicerie !

— Tu ne pensais plus à chanter ?

— À cette époque-là, ma voix n'était pas totalement revenue. Elle était altérée. On m'a conseillé de la préserver en évitant de chanter. Ainsi, avec le temps et du silence, elle pourrait peut-être se réparer. Je n'y croyais plus trop. Grâce au journal pour lequel je rédigeais les articles, j'assistais à toutes les représentations des opéras dans lesquels j'aurais aimé jouer ! *La Traviata*, en particulier, était mon préféré ! Mais aussi *Rigoletto*, *Madame Butterley*, *La Force du destin*... C'est triste à dire, mais c'est quand j'ai perdu ma voix que m'est revenu avec le plus d'ardeur ce besoin de chanter. Je m'accrochais aux fauteuils de velours pour ne pas me lever et oser quelques vocalises ! Ça vibrait si fort en moi ! Je fixais la baguette virevoltante du chef d'orchestre et je m'envolais vers le plateau, je faisais partie du chœur, j'étais sur scène et, quand entrait la soprano, c'était moi ! Il me semble que par moment je perdais même la conscience de mon corps, assis là, inerte. Je quittais les représentations dans un état second ; comme si j'étais droguée, enchantée. Mon patron, au journal, trouvait que j'étais trop complaisante, qu'il fallait que j'attaque, qu'un papier sans coups de griffes, sans critiques malicieuses, ça n'intéressait personne. Mais je n'avais que du bonheur à partager ! Alors, il ne m'a pas gardée, et je n'ai plus jamais assisté à un seul opéra ! J'en ai vu à la télé, j'ai écouté des disques, mais ce n'est pas pareil, tu comprends.

— Moi, je n'en ai jamais entendu ! À part ce que tu m'as déjà chanté à l'épicerie. On pourrait peut-être y aller ensemble ? »

Vanille se mit à rire.

« Oui, à l'épicerie il y a une bonne résonance, c'est vrai, mais ça ne vaut pas les cabinets du rez-de-chaussée de la maison de mon enfance où j'ai fait mes débuts ! Tu sais que c'est en Italie que j'aimerais le plus entendre un opéra ? »

Les yeux de Violette s'éclairèrent.

« En Italie ! Ah bon, où ça ?

— À la Scala de Milan, dans les arènes de Vérone, ou mieux encore : à la Fenice à Venise !

— Parfait ! Je vais en parler à papa et il ne dira pas non ! »

Vanille se sentit attendrie par cet élan du cœur de Violette. Ce besoin de faire le bien, de consoler, d'aider à espérer. Elle l'aimait pour sa bonne âme, son enthousiasme et pour cette ressemblance avec l'enfant qui survivait encore en elle.

« Ah... ! La Fenice ! Quand il a fallu décider où nous partirions en voyage de noces avec Pierrot, j'avais proposé Venise. Mais il avait une autre idée en tête.

— Le Sri Lanka ? interrogea aussitôt Violette, qui connaissait déjà quelques détails de l'histoire.

— Oui. Hélas ! On a fait comme il voulait. Il disait que Venise, c'était trop "cliché" ! Moi, j'avais des rêves de princesse, des rêves tout prêts, pas trop compliqués…

— Pourquoi voulait-il aller au Sri Lanka ?

— Encore une histoire de rencontre… Quand je te dis que c'est ça qui détermine tout ! À la prison, ils étaient trois dans la même cellule. Le type que tu as vu l'autre jour… »

Violette fit une grimace.

« … et un Ceylanais. »

Elle écarquilla les yeux.

« C'est comme ça que l'on appelle les habitants du Sri Lanka. »

Violette essaya d'imaginer à quoi pouvait bien ressembler un Ceylanais. Turban sur la tête, charmeur de serpent, peau mate et dents blanches, guidant une troupe d'éléphants ou en prière de Bouddha, buveur de thé, un petit singe sur l'épaule… Une foule d'images insolites se présentaient à elle, au milieu d'un paysage de rizières. Ça devait sentir le camphre, la coriandre ou la cannelle.

« Il s'appelait Patrick, il était tombé pour trafic de drogue.

— Patrick ?

— Oui ! Moi aussi, ça m'a toujours étonnée ! Pas très exotique. Pourtant, pendant deux ans il a tellement parlé de son île à Pierrot qu'il a fini par le charmer. Voilà comment ça s'est passé. Mais ce n'est pas tout…

— Comment ça ?

— Tu sais, Pierrot en prison, il était malheureux. Tu l'imagines, en cage ! Lui qui rêvait de voler… Alors Patrick, en plus des voyages vers le Sri Lanka qu'il lui servait matin, midi et soir, a dit à Pierrot qu'il avait une solution s'il voulait vraiment planer. »

Violette fronça les sourcils. Elle soupçonnait une entourloupe. Bien sûr, il est impossible de voler sans quelques subterfuges. Elle n'était plus tout à fait une enfant ! Les seuls humains qu'elle avait vus voler en dehors des avions, des fusées et des montgolfières, c'étaient les pratiquants de kitesurf qui envahissaient le rivage de l'Almanarre les jours de grand vent.

« Il lui a proposé de la drogue !

— Ah, de la drogue ! » répondit-elle, pas vraiment surprise.

L'infirmière du collège avait fait une conférence à ce sujet. Violette en connaissait les dangers.

« Oui, enfin, au début ça a commencé par quelques médicaments, prétendument pour calmer des douleurs. Mais la douleur de Pierrot de se trouver là ne passait pas avec ces médicaments. Il en fallait toujours plus. Tu sais, moi j'allais le voir au parloir, chaque semaine. Je lui apportais son linge. Je l'ai vu changer. Il était de plus en plus pâle et triste. Il se mettait en colère, parfois. Mais moi, des médicaments, je ne pouvais pas lui en apporter. Je lui disais de tenir bon, que tout cela allait bientôt cesser, que je le croyais quand il disait qu'il n'avait pas voulu ça, qu'il s'était fait piéger. Je lui rappelais qu'à sa sortie nous allions nous marier et reprendre l'épicerie ensemble, que deux ans, ce serait vite passé ! Même si bien sûr, moi aussi, j'ai trouvé ces deux années interminables. Mais, de mon côté, j'étais bien entourée. Sam et Pétula m'avaient prise sous leur aile et entretemps tu es née ! C'était bon d'avoir un bébé à cajoler. Je te gardais souvent quand Pétula s'absentait et que ton père devait travailler. »

Violette ne se souvenait pas, c'était trop loin. Les enfants oublient le bien ou le mal reçu à l'aube de leur vie. C'est pourtant ce qui modèle leur âme, les renforce ou les désarme.

« Même si j'étais brouillée avec mes parents, qui me demandaient régulièrement de rentrer, de renoncer à cette vie gâchée... je n'ai pas lâché, je voulais sauver Pierrot. Et, tu sais, j'ai appris qu'on ne sauve pas les gens malgré eux. Même l'amour le plus fou ne peut rien. Les gens que Pierrot a croisés l'ont entraîné sur de mauvais chemins. Il a lâché ma main.

— Mais vous vous êtes quand même mariés ?

— Oui, bien sûr ! On n'a jamais cessé de s'aimer. Je l'aime encore, tu sais... Mais je ne l'ai pas sauvé. »

Violette entendit quelque chose se nouer dans la gorge de Vanille, elle décréta soudain :

« Bon, on passe à l'âne ! »

Vanille fut si surprise qu'elle en oublia de pleurer.

« À l'âne ?

— Oui, j'ai appris cette expression bizarre au collège, "passer du coq à l'âne", et je crois qu'il est temps de passer à l'âne ! »

Les progrès de Violette en français étaient fulgurants et sa façon de s'exprimer fleurissait chaque jour de nouveautés plus ou moins maîtrisées, mais qui lui donnaient un charme fou, surprenaient, amusaient ou désarçonnaient parfois. Ce qui péchait, c'était l'orthographe.

« J'ai encore eu zéro à la dictée ! Il faut que je règle ce problème ! Déjà que je suis nulle en calcul mental ! Tu avais promis de m'aider. »

Violette en rajoutait un peu... Il est vrai qu'elle avait quelques difficultés en français à l'écrit et que les mathématiques n'avaient jamais été son fort, mais tout ce qu'elle avait appris en si peu de temps était exceptionnel et Vanille comme Sam en restaient bouche bée.

« Tu comprends, en italien, on écrit ce qu'on entend, c'est très simple ! Le français fait le malin, il dit une chose et en écrit une autre ! Il y a des tas de façons d'écrire "O", par exemple ! Et je ne sais jamais laquelle ! »

Elle se mit à vocaliser toutes sortes de « O » plus ou moins ouverts.

« Bravo, tu as réussi à passer du coq à l'âne ! Je dirais même que tu as surtout noyé le poisson !

— Noyer le poisson ? »

Violette ne savait pas encore que l'on pût noyer des poissons au milieu d'une conversation. Elle en fut tout interloquée, presque désolée, en imaginant une dorade en apnée en train de couler. Décidément la langue française était bien assassine ! Mais Vanille ne semblait plus si triste, alors s'il suffisait de noyer quelques poissons, elle acceptait volontiers de faire le sale boulot !

Vanille se consacra quelques instants à deux clientes qui avaient rempli trois gros paniers de toutes sortes de provisions. Pendant qu'elle les aidait à déposer leurs courses près de la caisse, elle fit signe à Violette de s'approcher.

« Tu viens me faire le calcul ? »

Violette s'exécuta sans broncher. Elle posa la longue addition sur un cahier. Lorsqu'elle annonça le total, il n'y avait qu'une vingtaine d'euros d'écart avec le ticket de la caisse enregistreuse et c'était en faveur des clientes qui jugèrent que la petite ne se débrouillait pas si mal !

« Je crois qu'on va aussi bosser les maths ! »

Vanille se souvint qu'elle avait déjà prononcé cette phrase. C'était au temps où elle aidait Pierrot.

Encore une fois, Violette tenta de noyer un poisson.

« Tu m'avais parlé de livres que tu voulais me donner ? La prof de français dit que je dois lire davantage.

— Oui, bien sûr, monte à l'appartement, dans le salon sous la fenêtre il y a une malle de voyage en fer, elle est remplie de mes livres d'étude. Va choisir tout ce que tu veux !

— Quelle chance j'ai de t'avoir croisée ! s'écria-t-elle.

— J'espère qu'on ne fait pas que se croiser ! On a un bout de chemin à faire ensemble, non ? »

Violette serra Vanille dans ses bras avec une tendresse brutale, puis s'élança dans l'escalier sans oublier au passage de faire une petite révérence au souvenir de monsieur Camilleri qu'elle croisa sur le porte-manteau juste avant son ascension.

23.

Un cygne

Elle feuilleta les livres un à un. Ils formaient deux piles distinctes ; ceux qu'elle voulait emporter tout de suite dans sa chambre et ceux qu'elle lirait plus tard. Elle vida toute la caisse, puis les replaça un par un. Dans le fond, tous ceux qui pouvaient attendre : les Balzac, les Zola, les Molière dont certains étaient recouverts d'un papier plastique transparent sur lequel était collée une étiquette « Vanina Van Hill, 4e D, 3e C », les Lagarde et Michard « 2nde 4 », le profil d'une œuvre de Phèdre et de l'étranger « 1re A3 musique ».

Celui qui retint le plus son attention était un livre pour enfants. Il n'était pas écrit en français. On y voyait une jeune fille à genoux au bord de l'eau et de grands oiseaux blancs volaient vers elle. Violette fut intriguée par le titre : *De Wilde zwanen*[*]. Puis elle remarqua plusieurs autres albums du même genre. Elle comprit qu'il s'agissait de livres d'enfants en néerlandais, car Vanille

* Les cygnes sauvages, en néerlandais.

lui avait expliqué qu'elle était née en Belgique et que petite fille, elle aussi, avait parlé une autre langue, mais qu'elle l'avait oubliée. Violette trouvait étrange que l'on puisse oublier une langue et encore plus étrange que l'on possède des livres dans une langue que l'on ne savait plus lire... Elle décida d'emporter celui avec les cygnes, pour se faire une idée. Elle comprit qu'il s'agissait d'un conte en lisant le nom de l'auteur : Christian Andersen. Elle prit aussi Marcel Pagnol, Romain Gary et Maupassant.

Ce n'est que le soir dans son lit que Violette entreprit la lecture de ce livre mystérieux. Elle n'essaya pas de comprendre les mots qu'elle se contentait de regarder comme des codes secrets. Chaque page était illustrée de dessins, plutôt anciens et très poétiques. Elle imaginait ce que chacune de ces pages indéchiffrables pouvait bien raconter et elle s'inventait sa propre histoire de page en page. Violette respirait les feuilles de papier qui avait une odeur, celle du passé, celle des livres qui ont voyagé de mains en mains et qui viennent de pays lointains et dont l'encre exhale un parfum étranger.

Ce qui la sortit de sa rêverie fut la sensation que quelque chose venait de glisser de la page d'après contre ses draps. Violette écarta le livre et découvrit une petite feuille probablement déchirée d'un cahier d'écolier qui s'était posée sur son ventre. Cela ressemblait à une lettre ; elle ne comprenait pas qui pouvait en être le destinataire, mais la signature s'achevait en arabesque : Hortense.

« C'est peut-être un signe », pensa Violette.

PLANCHE X

LE CYGNE

[traduit du néerlandais par Vanille et Google]

« À tous les solitaires,

Peut-être que les grands cygnes blancs qui volent dans les airs et glissent sur le miroir de l'eau sont des frères, des sœurs, des enfants, des amours, des parents, incapables de marcher sur la terre. Pourquoi tisser des chemises d'ortie à se brûler les doigts pour qu'ils reviennent ici-bas ? Volez, volez, beaux cygnes majestueux, tant que le jour est flamboyant !

Hortense »

24.

Envie de changement

Vanille prit cette lettre d'Hortense comme un courrier du ciel. Violette était la messagère. Elle lui avait confié le petit morceau de papier au matin.

Vanille avait peut-être lu ce conte autrefois, mais elle ne s'en souvenait pas. Ce qui était sûr, c'est qu'elle n'avait jamais vu cette lettre ! Ce fut comme une permission donnée par Hortense en personne, celle de cesser son ouvrage maudit : l'interminable et inutile tricot d'ortie qui consiste à retenir les oiseaux sur la terre.

Vanille se mit à chanter, dans sa boutique, l'histoire du chevalier au cygne : *Lohengrin.* Pas les trois heures et demie que dure l'opéra, mais seulement la partie d'Elsa qui raconte le cri plaintif qu'elle fit monter jusqu'au ciel et le profond sommeil dans lequel elle fut plongée.

« *Eisam in trüben Tagen*[*] ... »

---

* « Solitaire dans les jours nuageux... » : le rêve d'Elsa, *Lohengrin*, opéra de Richard Wagner.

Les légendes racontent toujours quelques vérités sur nos vies.

Les questions de Violette, les attentions de Sam obligeaient Vanille à se replonger dans son passé, mais de façon nouvelle, plus lucide et frontale, dépouillée d'illusions, de fantasmes et d'accommodements. Vanille avait toujours vécu loin en arrière, avec les absents. Ses souvenirs n'appartenaient pas au domaine exclusif de sa mémoire, elle leur donnait corps, elle leur donnait voix. Il s'agissait de corps imaginaires et de sa propre voix. Ces êtres chéris avaient subsisté comme des revenants, invisibles pour la plupart des gens, mais suffisamment lumineux pour éclairer son chemin. Pourtant, ce chemin ne l'avait menée nulle part. Enfermée dans une cage dont elle seule possédait la clé, remplie de fruits, de biscuits et de bonbons, elle avait tourné en rond, pris un peu d'embonpoint, radoté aussi. Elle avait eu beau chanter pour que sa voix emplisse l'espace, elle avait vécu seule. Et même avant sa mort, il était bien temps de se l'avouer : Pierrot n'avait pas été le plus parfait des fiancés.

Grâce aux sollicitations quasi quotidiennes de Sam et Violette, Vanille sortit enfin du déni. Non, Pierrot n'avait pas toujours gardé son âme d'enfant espiègle. Leurs rêves romantiques n'avaient pas duré si longtemps que ça…

La révélation de sa relation avec Pétula l'avait blessée comme un coup de poignard. Pourtant, Vanille ne mettait pas en doute la parole du taulard. Il disait bien vrai. Elle le savait. Peut-être l'avait-elle su depuis le début... Elle se sentait prête à dévoiler bien des choses au sujet de Pierrot, toute sorte de vérités difficiles à admettre, qu'elle avait tues trop longtemps, par faiblesse, par nostalgie, parce qu'on n'accable pas les fantômes que la mort rend aimables surtout lorsqu'ils meurent en héros. Mais que Sam se soit fait berner lui aussi par celui qu'il croyait être son ami, qu'il ait été trahi par la femme qu'il aimait, qu'il puisse d'une certaine façon perdre encore sa petite Violette... ça, jamais !

Depuis quelques semaines, elle soufflait une à une les bougies de ses mensonges, ces petites flammes vacillantes qui avaient veillé sur ses rêves, mais qui lui avaient caché la lumière du jour, un jour éblouissant. Il en resterait une – une petite flamme noire qui lui consumait le cœur : la véritable paternité au sujet de Violette. Oh ! Ce n'était pas pour épargner Pierrot, comme elle s'était appliquée à le faire depuis dix ans, c'était pour Sam et pour Violette. Pour ne rien gâcher !

Un noyau familial reprenait racine dans l'appartement d'à côté. Elle le couverait de son affection, de sa tendresse. À défaut d'être une vraie mère, Vanille serait toujours là pour Violette. À défaut d'un vrai géniteur, cette enfant avait le meilleur des pères, Sam. Alors : chut !

Un samedi du début du mois de décembre, juste avant midi, Vanille entra dans le salon de coiffure de Sam.

« Bonjour ! Je n'ai pas pris rendez-vous, mais si vous avez un créneau disponible, je voudrais bien une petite coupe ! » annonça-t-elle avec un air de Sarah Bernhardt sur les planches.

La cliente, qui offrait sans réserve sa chevelure mouillée aux ciseaux de Sam, ne sembla s'étonner ni du vouvoiement ni de la lubie soudaine de l'épicière. C'était une originale, tout le monde le savait. Et puis une bonne coupe ne ferait pas de mal à sa longue crinière à l'abandon.

Sam, en revanche, en lâcha ses ciseaux qui rebondirent en tintant sur le carrelage.

Il entra aussitôt dans le jeu :

« Mais bien sûr, chère madame ! Je termine avec ma cliente et je suis à vous. Installez-vous ici, je vous en prie. Souhaitez-vous consulter nos catalogues de modèles ?

— Non merci, je ferai confiance à l'artiste que vous êtes !

— Très bien, veuillez patienter un instant. »

Son calme revenu et la minutie qu'il employait dans la découpe du dégradé de sa cliente masquaient un cœur bondissant.

« J'ai tout mon temps », dit Vanille.

Il était même préférable que les choses se fassent en douceur. Elle avait laissé dix années pousser en une cascade de larmes sur ses épaules. Quelques cheveux blancs perlaient de-ci de-là comme l'écume du temps. Couper ses cheveux, pour elle, c'était comme quitter un vieux manteau râpé qui avait souffert trop d'hivers et offrir son visage et sa nuque à un vent nouveau, à la lumière. Seule la délicatesse de Sam pourrait l'aider à déposer ses hardes sans douleur.

Vanille s'installa dans le fauteuil rose de l'autre côté de la pièce. Le coiffeur et sa cliente lui tournaient le dos, mais elle pouvait les observer à sa guise dans le miroir face à elle. Comme il ressemblait drôlement à Belmondo, même en vieillissant ! Quel âge avait-il exactement ? Cinquante-deux, cinquante-cinq ? Son anniversaire était le 1er mai : elle s'en souvenait bien puisque c'était un jour chômé et qu'ils déjeunaient ensemble ce jour-là, chaque année. Un gâteau pour quatre à deux, devant un brin de muguet, tantôt dans la cuisine de Sam, tantôt chez elle, mais elle était incapable de dire son âge exact ! Elle se sentit un peu honteuse d'en savoir si peu sur lui. Son gâteau préféré était le baba au rhum – un gâteau de vieux, avait-elle toujours jugé ! Elle préférait la tarte au citron meringuée. Alors, à chaque anniversaire, que ce fût le sien en février ou celui de Sam en mai, ils se mettaient d'accord la veille sur un saint-honoré ou un bavarois aux fruits rouges. De leurs gâteaux préférés respectifs, ils ne faisaient rien d'autre qu'en parler, ils ne les dégustaient jamais. Vanille décida que, ce soir, sans qu'il n'y eût rien à fêter, elle achèterait un baba au rhum pour lui, une tarte au citron pour elle et pour Violette un croustillant au chocolat !

Elle observa longuement dans le miroir les gestes attentionnés de Sam, sa technique experte. Elle se laissa bercer par sa voix et se sentit agacée, à chaque fois que la cliente monopolisait trop longuement la parole.

Vanille aimait écouter Sam, même quand il parlait de la météo ou de la hausse du prix des carburants. Elle se dit qu'en dix ans la seule voix qui avait résonné dans sa vie, la seule qui avait vraiment compté, était celle de Sam. Sa voix douce et grave l'avait accompagnée toutes ces années et elle semblait ne l'entendre que depuis quelques semaines, depuis que le fantôme de Pierrot s'était tu.

Violette fit irruption dans le salon un peu après midi, les deux lanières de son sac à dos sur une seule épaule, elle revenait du collège, sourire aux lèvres.

« J'ai eu 20 ! La meilleure note de la classe !

— En maths ou en dictée ? ironisa son père, sûr de sa provocation.

— Non, évidemment ! » pesta Violette en haussant les épaules, soudain renfrognée.

Puis elle éclata de rire :

« En italien, bien sûr ! »

Violette s'aperçut soudain de la présence de Vanille dans le salon, assise comme une cliente qui attend son tour. La situation lui parut trop insolite pour être rassurante.

« Que se passe-t-il ? demanda-t-elle, un peu inquiète.

— Rien de spécial, je viens me faire couper les cheveux, voilà tout ! »

La petite resta bouche bée, cherchant une explication en lançant un regard interrogateur en direction de son père.

« Tout arrive un beau jour, se contenta-t-il de noter en prenant congé de sa dernière vraie cliente de la matinée.

— À nous deux, ma bonne dame ! »

25.

Une nouvelle tête pour une nouvelle vie

— Boudiou, que tu es belle !

Totor n'en revenait pas ! Il lui sembla redécouvrir la Vanille d'autrefois. En déposant sa livraison du matin, il devait esquiver les nombreuses personnes qui entraient et sortaient de la boutique.

L'épicerie était pleine de monde. Il y régnait une ambiance nouvelle et certains clients prenaient le prétexte d'un oubli ou d'un besoin imaginaire pour venir jeter un coup d'œil au nouveau visage de Vanille. La rumeur avait gagné toute la grande artère du centre. Et, grâce à sa nouvelle coiffure, l'épicière faisait recette. Chez Sam aussi, on se bousculait pour obtenir un rendez-vous. S'il était capable de transformer Vanille à ce point, il pouvait sûrement quelque chose pour toute une ribambelle de candidates à une nouvelle tête. Alors qu'on lui avait réclamé cent fois la même coupe que Sophie Marceau, voilà qu'on lui demandait maintenant celle de Vanille !

Certains disaient que le retour de Violette avait permis à Sam, cet ours toujours cloîtré dans sa tanière, et à cet oiseau en cage de Vanille de s'ouvrir enfin à une vie réelle. D'autres pensaient que depuis le temps il se tramait bien quelque chose entre le coiffeur et l'épicière ! Même si elle était un peu originale, elle n'en était pas moins femme, et Sam ne laissait jamais les femmes indifférentes.

La lubie capillaire de Vanille en avait étonné plus d'un. Ses cheveux courts aux boucles folles lui donnaient un air juvénile, dynamique et joyeux. Elle portait toujours ses vestes polaires informes, mais depuis quelque temps ses joues avaient rosi grâce aux longues promenades au bord de mer en compagnie de Sam et Violette dès qu'ils avaient une journée de libre. Dans son regard, une lumière avait fleuri.

« Tu as bonne mine, ma pitchounette ! se réjouit Totor.

— Tu sais que je fais du sport maintenant !

— Oh, pécaïre !

— Oui, j'ai décidé de me bouger ! Je m'étais encroûtée comme le pâté dans cette épicerie ! Figure-toi que, tous les lundis, j'ai des courbatures !

— C'est nouveau, ça, tu ouvres le lundi maintenant ?

— Oui, je préfère fermer le mercredi. Violette n'a pas cours l'après-midi, je peux l'aider à faire ses devoirs ; on va à la piscine ou bien nous allons faire du shopping toutes les deux. Sam est content que je m'occupe un peu d'elle. Il dit qu'elle a besoin d'une présence féminine ! Je ne suis pas ce que l'on fait de mieux en matière de féminité... mais nous apprenons ensemble ! Elle m'a fait acheter un rouge à lèvres ! Tu imagines ! »

Avec un sourire amusé, Totor observa ses lèvres brillantes presque rouge vif. Elle portait une veste grise, bien trop ample, à fermeture éclair, un pantalon de toile brune avec des tas de poches sur les côtés et sur les fesses d'où émergeaient parfois des clés, des stylos, des papiers, tout un bazar enfoui à la va-vite parce qu'« on ne sait jamais, ça peut servir » !

Lui qui avait toujours vécu, les deux pieds dans la terre, en bleu de travail, n'avait jamais prêté attention aux tenues de Vanille. Depuis depuis dix ans, elle avait rangé son corps sous des couches de tissu plus ou moins épaisses selon les saisons, mais sans grâce, sans coquetterie. Même sa Rosa, à presque soixante-dix ans, croisait encore délicatement ses longues jambes à la douce peau d'ébène sous ses blouses fleuries. On lui avait souvent envié sa Rosa, cette beauté des îles qui avait épousé sans rechigner un paysan tout crotté. Totor avait toujours été fier de l'élégance de sa femme, belle comme un ibis au milieu des tourterelles. Il s'était souvent senti indigne de mériter sa tendresse. Elle avait le parfum suave des épices lointaines et la saveur sucrée des beaux fruits exotiques. Encore aujourd'hui, malgré l'usure de l'âge, elle l'enivrait comme un vieux rhum arrangé. Rosa était venue pour lui de l'autre bout de la terre. Totor avait déployé des trésors d'amour et de délicatesse sous ses grosses mains rugueuses abîmées par la terre parce qu'elle était un joyau, unique et admirable. Elle était pour lui la seule source possible de désir. C'est sûrement à cause de cette exclusivité-là qu'il n'avait jamais vraiment considéré Vanille comme une femme. Il l'avait connue enfant, les genoux écorchés. Elle était restée sa « pitchounette » qu'il fallait aider, soutenir, accompagner, quand la vie l'avait frappée et qu'elle s'était retrouvée seule et perdue sur le tarmac de l'aéroport d'Hyères. Elle avait vécu quelque temps chez eux, le temps de trouver le chemin du retour de ce voyage avec Pierrot, ce retour de l'enfer.

Ouvrir une épicerie, quelle drôle d'idée ! Elle avait fait des études, elle aurait pu retourner chanter à Paris. Mais non, elle avait choisi de rester là au milieu de ses souvenirs et des vieilles gens comme lui et Rosa. Des vieux et des morts… Au début, Totor s'en était inquiété, puis finalement la vie de Vanille s'était paisiblement installée entre les fruits et les légumes, les boîtes de conserve, les bonbons et la photo de Pierrot. Elle s'était remise à chanter. C'était bon signe, d'après Totor. De temps en temps, il apportait un lapin et Vanille trouvait même quelque chose à fêter. Les joies sont têtues, elles s'imposent même quand on veut les bouder.

Cependant, malgré les chansons, la lumière rose du flamant dans la vitrine, les sucreries et les caresses du chat, ces dix années avaient ronronné comme le moteur de la banque réfrigérée qui diffusait une lumière fade dans l'épicerie. Totor le savait bien ! Malgré toutes ses fantaisies, ses entourloupes à la vie, son petit manège imaginaire, Vanille n'avait jamais décroché le pompon du bonheur.

« Maintenant, le dimanche, on fait de belles randonnées au bord de mer, sur la presqu'île de Giens. On est allé à Port-Cros dimanche dernier. Ça remuait, sur le bateau ! On a sillonné toute l'île ! Ce que c'est beau et sauvage à cette saison ! Il n'y a personne. On a drôlement crapahuté ! C'est que, Violette, il faut la suivre ! Elle veut tout explorer, tout découvrir. Elle nous entraîne sur tous les chemins, même les plus escarpés, d'où la vue est à couper le souffle ! J'avais oublié que cette région était si belle ! Je la redécouvre. Mais je t'avoue qu'après ces escapades j'ai même du mal à monter les escaliers. »

Les muscles douloureux, raidis et raccourcis de Vanille lui rappelaient enfin qu'elle était en vie.

26.

Des ailes pour apprendre à nager

« Et vous avez réussi à voler, finalement, avec Pierrot ?

— Tu parles, on s'est toujours cassé la figure ! À nous deux on a eu cinq fractures : trois poignets, un ménisque, une clavicule ! Et on n'a jamais compté le nombre de bosses, de foulures et d'égratignures. Plus on avait de bandages et de pansements, plus on pensait se rapprocher du but.

Sur les cinq fractures, on en a récolté trois le même jour ! C'est la fois où on s'est jeté de la cabane dans les arbres que mon père avait installée pour observer les oiseaux du jardin. Un plongeon de plus de quatre mètres avec une toile cirée sur les épaules en guise de voile. Heureusement, un gros buisson piquant avait amorti le choc. Nos visages étaient tout griffés ! Pierrot a quand même eu les deux bras dans le plâtre et moi le genou. On avait neuf ou dix ans. Le seul bénéfice fut que Pierrot échappa pendant un bon mois à la dictée du samedi matin ! Après ça, on est devenus plus prudents, on a étudié la possibilité qu'il nous pousse des ailes en acceptant de ne plus manger que de la volaille : dindes, poulets, canards, cailles, pintades... Mais, évidemment, ça n'a pas marché non plus. C'est souvent vers l'adolescence que l'on prend conscience des limites des rêves. On en devient un peu amer. Ce fut le cas de Pierrot. Il a même eu l'ironie de me dire que j'avais fini par m'envoler en partant étudier à Paris ! Mais il m'a rattrapée dans ses filets. »

Violette écoutait avec beaucoup d'intérêt ce que lui racontait Vanille. Elle en tirait quelques leçons. Il ne lui serait jamais venu à l'idée de se jeter dans le vide pour tenter de voler. Elle avait appris sans doute plus tôt que d'autres, les lois de la raison. Violette avait les pieds sur terre. Mais elle tenait à l'idée d'avoir un rêve à elle, un rêve possible à réaliser.

Vanille tenait la main de Violette dans les allées du parc Olbus-Riquier. Comme si Violette était encore une petite fille. Vanille n'avait jamais appris à voler, mais en tenant cette main dans la sienne, il lui poussait des ailes.

Elle prenait Violette sous son aile, comme une mère. Même au début de l'hiver, le jardin botanique de la ville offrait un asile de couleurs flamboyantes et de parfums capiteux. On n'y croisait plus que de rares silhouettes lentes errant sur les sentiers de gravier, foulant les feuilles mortes. Devant la grande mare, de vieilles dames endimanchées lançaient du pain dur aux canards depuis quelques bancs solitaires. La buvette était fermée, le petit train dormait sous une bâche et les paons, sur les pelouses, faisaient la roue pour des joggers distraits qui ne les regardaient pas.

Tous les mercredis après-midi, elles traversaient le parc pour se rendre ensemble à la piscine. Vanille avait promis :

« Tu verras, d'ici Noël, tu sauras nager ! »

À treize ans, Violette s'était sentie honteuse de l'avouer :

« Je ne sais pas nager. J'ai peur de l'eau. Au collège, on doit faire un cycle de piscine, en mars. Je ne veux pas y aller ! »

Vanille avait été frappée au cœur par cette confidence que Violette n'avait pas faite à son père. Elle avait craint qu'il ne renonce à être fier d'elle. Elle voulait qu'il la croie courageuse, solide et audacieuse, comme lui l'était, puisqu'elle ne pouvait l'imaginer autrement que courageux, solide et audacieux. Son père était forcément un héros.

Vanille n'en revenait pas que personne ne lui ait appris ! Elle avait grandi en Sicile dans une ville balnéaire, à quelques mètres d'une plage. Comment était-ce possible ?

« Il faut absolument que tu apprennes », dit Vanille avec une étrange intensité dans le regard. Elle serra très fort la main de Violette comme si leurs vies à toutes les deux en dépendaient à l'instant même.

Depuis, elles allaient ensemble, tous les mercredis, à la piscine, de l'autre côté du parc, et Vanille lui apprenait à nager, en douce. Elle retrouvait les gestes qu'elle avait faits avec Pierrot, maintes fois, pour apprendre à voler : de larges brasses bravant les bourrasques, poumons déployés et cou tendu vers un but insensé.

Violette, malgré la chair de poule, les lèvres bleues et quelques tasses d'eau chlorée, commençait à apprivoiser cet univers mouvant qui l'avait si longtemps terrifiée.

« Vas-y, ma chérie ! Ça y est, tu y arrives ! Bravo, tu nages ! »

Violette n'en revenait pas elle-même, elle ne ralentissait pas la cadence de peur que l'équilibre miraculeux s'effondre et l'engloutisse. Elle flottait juste sous la surface, la tête hors de l'eau.

Vanille avait raison. On n'était plus qu'à quelques jours de Noël et elle savait déjà nager !

27.

Sauvetage

Les souvenirs ne se présentent jamais sous la forme d'une rivière sereine et ininterrompue. Ceux qui tourmentent jaillissent brutalement, comme des éclaboussures, sans ordre et sans logique. Ceux qui consolent descendent du ciel sans bruit en une bruine légère qui rafraîchit le cœur. Vanille se confiait en déposant des morceaux épars, çà et là, au hasard des conversations. Sam était près d'elle et lui tenait la main dans le dédale de sa mémoire retrouvée.

Décembre avait terni le ciel et glacé le vent. L'imminence de Noël occupait les journées au salon et à l'épicerie. Ce soir-là, Violette avait été invitée à une soirée pyjama et Sam et Vanille s'étaient accordé une pause ensemble pour une soirée au cinéma. C'était un film catastrophe qui racontait le naufrage d'un paquebot dans des eaux polaires. En sortant de la salle obscure, Vanille lâcha comme un soulagement : « Ça y est, Violette sait enfin nager ! »

Sam tombait des nues. Il savait que Vanille accompagnait Violette à la piscine tous les mercredis depuis quelque temps, mais n'avait pas imaginé que sa fille ait pu ne pas savoir nager, à treize ans, presque quatorze. Il en prit un peu ombrage. Il y avait peut-être tant de choses qu'il ignorait encore sur elle !

« Elle n'osait pas te le dire, elle avait peur de te décevoir. Avec tes airs de Belmondo, elle te prend pour un héros ! s'amusa-t-elle.

— Elle a tort », dit-il, blessé.

Vanille s'accrocha à son bras dans un élan de tendresse. Et elle ferma les yeux sur ses souvenirs. Qu'est-ce que ça signifie, « un héros » ? Pour être un héros, faut-il avoir quelqu'un à sauver ? Elle pensa à tous ceux qu'elle n'avait pas sauvés. Elle pensa à Pierrot.

Ils marchèrent un peu sous les palmiers décorés de « Joyeuses fêtes » en banderoles scintillantes dans la nuit. Et c'est ce soir-là, un soir tout simple où Sam boudait parce que, malgré son physique de Belmondo, il n'avait jamais rien fait d'héroïque, jamais sauté d'un train en marche, jamais tenu un filin suspendu à un hélicoptère, jamais conduit une décapotable à toute allure sur une corniche... Il aurait voulu être cet homme-là pour Violette et pour Vanille aussi, mais il n'était qu'un coiffeur de quartier qui balaye des touffes de cheveux, offre du thé à la menthe à ses clientes et écoute leurs confidences sans broncher.

Pourtant, c'est à son bras que s'accrochait Vanille. C'est à lui qu'elle déposa ce qui restait de vérité sur ce qui s'était passé là-bas, au Sri Lanka. Ce fut soudain comme un frêle esquif qui s'abîme contre un rocher qu'on n'a pas vu surgir.

« On s'était disputé. Je ne sais pas s'il en avait emporté avec lui ou s'il s'en était procuré sur place. Mais il était évident qu'il avait pris quelque chose. Depuis le départ, il alternait des phases d'excitation et des phases d'abattement. Il n'allait pas bien. Par moment il pleurait, disait que sa vie ne valait rien, qu'il avait tout foiré, qu'il ne me méritait pas, que je n'aurais pas dû le suivre. C'était terrifiant, il disait qu'il voulait crever ! Il disait ça : "crever", avec des yeux de fou.

La veille, au pic d'Adam, il avait fait semblant de vouloir se jeter de la falaise, les bras en croix, comme si c'était un jeu, comme s'il allait enfin s'envoler. Peut-être n'avait-il pas l'intention de faire semblant, d'ailleurs... Ce sont mes cris qui l'ont arrêté à la dernière seconde. J'étais effondrée. On ne jouait plus. Il me faisait peur.

Après, il a essayé de me rassurer, il a dit que je ne devais pas m'inquiéter, que c'était juste un mauvais moment, que tout allait rentrer dans l'ordre. Il s'est excusé, il me caressait, me disait que je le tenais en vie. Il me disait merci. Et puis le soir après le dîner, il m'a annoncé qu'il allait prendre l'air, seul. C'est vrai, il faisait chaud et humide. L'hôtel était au bord de la mer. Il m'a dit : "Reste là. Repose-toi ! Je vais faire un tour sur la plage, j'ai besoin de respirer."

Il m'a semblé qu'il était apaisé. À minuit, il n'était toujours pas rentré. Je suis partie le chercher dans le hall de l'hôtel, dans le jardin. La plage était déserte. J'ai alerté notre guide, les autres voyageurs français qui n'étaient pas encore couchés. Quelqu'un m'a dit qu'on l'avait vu partir en ville avec un tuc-tuc, un autre m'a dit qu'il l'avait croisé sur la plage accompagné de plusieurs hommes, des gars du coin, pas des touristes. Je ne savais plus à quel saint me vouer. J'ai dit au guide qu'il fallait appeler la police. Il m'a dit que je devais me calmer, qu'on devait attendre le matin, qu'il serait sûrement bientôt de retour.

J'ai passé la nuit à pleurer. Quand on ne sait plus quoi faire, il ne reste que les larmes. J'imaginais le pire et l'instant d'après je m'accrochais à un espoir comme à une bouée. Il avait besoin de liberté, il avait envie de vivre. Je ne pouvais l'enfermer dans une chambre avec moi et espérer que cela lui suffise. Il avait passé deux ans derrière une porte verrouillée. Il faudrait du temps pour le réapprivoiser.

Je crois que j'ai fini par m'endormir.

C'est un vacarme épouvantable qui m'a réveillée. Il titubait. Il parlait très fort, il chantait, il riait. Il a ouvert en grand la porte vitrée qui donnait sur le balcon. Depuis le lit, j'ai vu que le soleil se levait. On entendait aussi les vagues qui se mêlaient au bruit de l'air conditionné. De grands courants chauds entraient dans la chambre depuis la terrasse. J'étais soulagée, il était là. Mais dans quel état !

Je me suis mise en colère, je lui ai dit que je m'étais inquiétée, qu'il n'avait pas le droit de me faire ça.

Il a crié qu'il avait tous les droits en me regardant dans les yeux, mais sans me voir. Ses pupilles étaient dilatées. Il a bondi sur la rambarde du balcon. Il se tenait debout, en équilibre au-dessus du vide. Il était surexcité. Il hurlait : "Je suis le roi du monde !" Mais notre navire était naufragé. Je le suppliais de descendre, d'arrêter.

Et puis, tout à coup, il s'est ressaisi, il est descendu en fixant l'océan. Il m'a dit : "Tu entends ?"

La drogue devait aiguiser son ouïe, sa vue. Au début, je n'ai rien entendu, rien vu. Puis, dans la rumeur des vagues, j'ai perçu les cris d'un oiseau, peut-être un de ces oiseaux exotiques qui jacassent bruyamment, ai-je pensé. Ces piaillements lointains avaient le mérite d'interrompre son délire. Pierrot cherchait quelque chose du regard en direction des flots. Il a pointé son doigt : là-bas ! Et il est parti en courant comme un fou. Si nous n'avions pas été au troisième étage, je pense qu'il aurait sauté dans le vide pour aller plus vite. Mais le temps que je comprenne ce qui se passait, il avait déjà dévalé les escaliers et traversait la plage comme un dératé.

Il s'est jeté à l'eau tout habillé et s'acharnait vers un point fixe. Sa direction, c'était une petite boule noire que je commençais à discerner au milieu du ressac.

Était-il possible qu'il nage vers un oiseau en détresse sur les flots ?

Des tas de gens se pressaient maintenant sur le sable, en bas de l'hôtel. Je plissais les yeux pour tenter d'y voir plus clair. Le point noir tantôt s'immergeait, tantôt émergeait, jusqu'à ce que je distingue au-dessus de lui, une main, deux mains qui se débattaient contre l'immensité.

Pierrot, lui aussi, n'était plus qu'un petit point avec deux bras, balloté par les vagues, il s'obstinait. J'ai eu peur, pour lui, pour eux. J'ai couru. J'ai dû fendre la foule qui s'était agglutinée sur la plage. Pierrot a tiré un jeune homme inconscient hors de l'eau, il s'est affalé contre lui sur le sable, il était épuisé. Il m'a vue au milieu des secours qui les prenaient en charge tous les deux, il m'a envoyé un baiser et j'ai lu sur ses lèvres ce qu'il voulait me dire : "Je t'aime et je vole !" »

Vanille s'assit sur un banc. Son visage était baigné de larmes. Sam écoutait, le cœur noué, la fin de son récit.

« Il a même eu le temps de me dire au revoir. Moi, j'étais tétanisée. Je ne lui ai pas renvoyé son baiser. On avait bien le temps, n'est-ce pas ? Je ne lui ai pas dit combien j'étais fière, combien sa vie était précieuse puisqu'il venait d'en sauver une autre.

Le jeune homme s'en est tiré. Pierrot est mort dans l'ambulance.

Un arrêt du cœur, ils ont dit. Une nuit blanche, la drogue, et cet effort brutal. C'est au moment où sa vie avait le plus de sens qu'il l'a perdue. »

Sam serra Vanille contre lui sur le banc et dit quelque chose qui lui coûtait, mais qu'il pensait vraiment :

« C'était un héros, ton Pierrot !

— Toi aussi, Sam, car c'est toi qui me ramènes au rivage. »

Elle embrassa sa main, enfermée dans la sienne. Il ajouta :

« C'était un héros, le père de Violette. »

Ce fut comme une déflagration dans le cœur de Vanille.

« Pourquoi dis-tu ça ?

— Parce qu'on n'est pas dupe, ni toi, ni moi. »

Vanille ne répondit pas. Sam poursuivit.

« Quand Pétula m'a annoncé qu'elle était enceinte, j'ai pleuré, tu sais. Pleuré parce que c'était inespéré, pleuré parce que je savais qu'elle me mentait.

— Comment ça ?

— Tu sais, avant Pétula, avant qu'on se connaisse, j'ai vécu quelques années avec une fille très chouette,

Emmanuelle. Elle, ce qu'elle voulait, c'étaient des enfants, bien sûr. C'est naturel, n'est-ce pas ? Elle m'a quitté pour ça.

— Pourquoi ?

— Parce que je ne peux pas être le père de Violette ni le père d'aucun autre enfant, ni aujourd'hui ni à cette époque-là. Ce n'est pas faute d'avoir essayé. On a fait tous les examens. C'était sans appel, je ne pouvais pas être le père des enfants d'Emmanuelle. Elle est partie. Avec Pétula tout est allé très vite. Alors, c'est vrai, j'ai mes torts, j'ai menti, moi aussi – menti par omission, tu comprends ? Je ne voulais pas la perdre. Pas tout de suite. Alors quand elle m'a dit qu'elle attendait un bébé, je n'ai pas hésité, je l'ai accueilli comme un cadeau. Un cadeau de Pierrot... Je n'ai rien dit.

— Pourquoi dis-tu que c'est Pierrot ?

— Parce que je connaissais Pétula, parce qu'ils avaient bossé ensemble, sur le même bateau juste trois mois plus tôt et que Pétula était enceinte de trois mois. Parce qu'elle voulait Pierrot depuis longtemps et que c'était le seul à lui dire non.

— Et tu crois qu'il lui a cédé ?

— Elle l'a pris dans ses filets, la sirène... Je sais très exactement quand ça s'est passé.

— Comment ça ?

— Je suis désolée, Vanille, de te dire tout ça. Peut-être que je ne devrais pas.

— Dis-moi ce que tu sais, Sam. J'ai besoin de tout savoir.

— Après la naissance de Violette, Pétula a écrit une lettre à Pierrot quand il était en prison.

— Oui, je sais pour la lettre.

— Comment ça, tu sais ?

— Le type de l'autre jour, le taulard, c'est lui qui me l'a dit. Pierrot ne m'en a jamais parlé.

— Eh bien, cette lettre, je l'ai lue. Pétula n'a jamais été bien maligne. Elle a écrit cette lettre sur la table de la cuisine, à l'appartement. Elle l'a vite cachée dans son sac au moment où j'arrivais, mais elle avait pris un bloc-notes pour s'appuyer, car il y a des carreaux sur ma table de cuisine et ce n'est pas pratique pour écrire droit, tu vois...

— Je ne vois pas où tu veux en venir avec tes carreaux de céramique.

— Elle s'est servie d'un bloc de factures qui traînait là. Entre chaque page il y avait une feuille carbone pour faire des doubles. Pour éviter d'imprimer dix fois la même facture, il faut glisser un morceau de carton sous la page d'après. Pétula ne le savait pas. Elle n'a jamais donné un seul coup de main pour la comptabilité. Quand elle a quitté la cuisine pour partir à la poste, la lettre était imprimée en dix exemplaires, sous mes yeux : "Mon beau Pierrot, Violette est ta fille, Violette est ta fille, Violette est ta fille..."

— Que disait-elle d'autre, cette lettre ? Tu as encore les doubles ?

— Non, je m'en suis débarrassé immédiatement, comme si ça n'avait pas existé. Après, j'ai vécu dans la peur. La peur qu'il me reprenne Violette et Pétula. Et puis, au fil du temps, je me suis rendu compte que la lettre n'avait rien changé. Pierrot ne réagissait pas. Tu parlais de mariage à sa sortie. Je savais qu'il était attaché à toi. J'ai fini par oublier, je crois... »

28.

Un pigeon au purgatoire

Une même vie peut faire d'un homme tour à tour un héros, un salaud, une victime, un sauveur, un pigeon... Voilà ce que fut Pierrot. Oiseau en mal de ciel, sa courte vie avait oscillé comme le balancier d'une pendule égrenant le compte à rebours vers son issue fatale.

Vanille avait été pour lui une fenêtre ouverte vers une direction heureuse. Hélas, toutes ses tentatives d'envol ne furent que des échecs, sauf la dernière peut-être... À défaut de se sauver lui-même, il en avait sauvé un autre.

Il avait aimé Vanille, sincèrement, comme aiment les enfants, avec la même fougue et la même maladresse. Un amour qui rassemble tous les amours possibles, celui d'une mère, d'une amie, d'une sœur, et plus tard celui d'une femme, alors qu'il lui semblait si difficile d'être un homme... Il était Peter Pan – elle, sa fée Clochette.

Après le départ de Vanille à Paris, l'univers magique de Pierrot s'était éteint. Il était temps de grandir, avait dit Mirella, en emportant son fils tel un monstre marin vers le fond des abîmes.

Pierrot avait dix-huit ans. Il travailla comme homme d'équipage sur les paquebots de croisières avec Mirella et Pétula, « sa vraie famille », comme disait sa mère. Au début, Pierrot vomissait. Il avait le mal de mer et Vanille lui manquait. Mais il fallait bien en passer par là, grandir, s'endurcir... Les hommes doivent être capables de voir mourir les lapins, s'éloigner leurs amours, de trouver un équilibre quand le monde entier se met à tanguer. Il avait navigué tant bien que mal en eaux troubles. Son estomac avait fini par résister. Mais pas son cœur brisé.

Pierrot avait trouvé quelques bras pour le consoler... Avec Pétula, c'était arrivé une fois, la première année, à l'époque où il vomissait encore. Elle l'avait cajolé, soigné, lavé. Et comme ces créatures mi-femme, mi-poisson qui étourdissent les marins de leurs chants irrésistibles, elle l'avait entraîné jusqu'à la couchette de sa cabine et il avait cédé.

La deuxième fois, ce fut quelques années plus tard. Après le retour de Vanille et Pierrot de Paris. Ce n'était plus un enfant. Il avait vraiment l'air d'un homme. Son grand corps musclé, ses cheveux fous, son sourire et ses épaules larges faisaient bel et bien illusion. La vie lui souriait à nouveau, il avait retrouvé Vanille qu'il avait enlevée comme les chevaliers ravissent les princesses. Ne restait plus qu'à lui offrir un royaume.

Ils s'étaient installés ensemble dans un deux-pièces borgne du vieux Hyères après les quelques mois infructueux à Paris. Bredouilles, sans le sou ni autre réconfort que leur amour, ils avaient regagné le nid de leur enfance. Aux beaux jours, ils faisaient l'amour dans une petite crique vers Six-Fours-les-Plages, comme autrefois, et Pierrot ne vivait que de promesses : « Tu verras, nous aurons une maison à nous, je rachèterai l'épicerie ! Sam me fera un bon prix. Tout se fera comme nous l'avons rêvé, tu verras. Fais-moi confiance ! »

Puis un hiver morose s'abattit sur leur vie. Pierrot vécut de honte et Vanille d'espoirs insatisfaits… Elle travaillait à l'usine d'éponges et c'est elle qui remplissait le frigo chaque semaine. Il n'était plus question de faire machine arrière. Le meilleur était forcément à venir. Mais c'était long…

Alors, quand l'occasion s'était présentée, Pierrot l'avait saisie sans réfléchir.

« Je t'assure, c'est sans risque, avait dit Mirella. On te demande juste de faire le guet, de conduire la voiture. Tu n'as rien à savoir d'autre. »

« Juste une semaine, sur un voilier. J'aurai un bon salaire, et puis c'est avec Mirella et Pétula, il n'y a rien à craindre, je serai bientôt de retour. »

Il avait serré Vanille dans ses bras avec une force et une inquiétude inhabituelles. Elle avait frémi, puis il était parti. Puisqu'il n'y avait rien à craindre…

Quand Pierrot était arrivé sur le voilier, deux types, des Italiens, lui avaient expliqué sur un plan où était située la bijouterie à Monaco, où il devait garer la voiture et ce qu'il avait à faire.

La veille, il avait surpris une conversation à laquelle il n'était pas convié, il avait vu les armes et il avait eu peur. Une peur d'enfant.

Il avait cherché Mirella sur le bateau pour lui dire qu'il renonçait, qu'il ne voulait plus être mêlé à ça, il était sûr qu'elle comprendrait. Mais Mirella n'était pas là. Il avait trouvé Pétula couchée dans sa cabine. Seule pour une fois, nue comme toujours. Elle l'avait pris dans ses bras et il avait pleuré comme un petit garçon. Sa chaleur le réconfortait, elle le caressait, le couvrait de baisers. Il ne voulait plus participer à cette folie, il voulait rentrer chez lui. Elle lui disait qu'il était brave, fort, beau, qu'il ferait comme il voudrait. Elle le couvrait de baisers, glissait ses mains sous ses vêtements. Il y avait l'odeur moite de sa peau, le voilier qui tanguait, ses remords, sa solitude, ses peurs. Il bascula entre ses cuisses, le visage enfoui dans ses seins. Elle l'encercla comme une pieuvre, il était sa proie.

Au petit matin, Pierrot s'éveilla sur ce désastre. Pétula réussit à le convaincre que Vanille ne saurait rien de tout cela, qu'il était un homme et qu'il était temps d'assumer. Il avait promis, il n'était plus question de renoncer. Ce ne serait pas bien compliqué. Moins grave que ce qui venait de se passer entre eux, n'est-ce pas ?

Alors Pierrot fit le guet, il conduisit la voiture, et ne sut rien d'autre, comme Mirella l'avait promis.

Puis il mentit à Vanille, à Sam, à la police, à tous.

Lorsque l'enquête vint renifler de son côté, il mentit encore, pour protéger Mirella et Pétula, pour se punir aussi sans doute. Pétula le remercia du fond du cœur de les avoir épargnées, jura qu'elle ne dirait jamais rien et qu'un jour il aurait sa part. Quand il sortirait de prison.

Pierrot ne voulait pas de « sa part », comme elle disait. Il voulait juste fermer les yeux et redevenir celui qu'il était autrefois : l'innocent, l'amoureux de Vanille, un oiseau libre.

Et, un jour, il avait reçu la lettre et la photo de Violette. Rien ne s'effacerait jamais désormais.

« T'es qu'un pauvre pigeon lui rabâchait un de ses codétenus. T'es con, mais t'es un bon garçon. »

Et Patrick lui filait des doses de médicaments et toute sorte de drogues qui circulaient mieux que les courants d'air dans la prison, pour qu'il ferme sa gueule et qu'il arrête de chialer.

Pierrot planait jusqu'à Ceylan. Un jour, il se marierait avec Vanille et il l'emmènerait là-bas, rien d'autre n'existerait. Il fallait bien se mentir...

Planche XI

Le pigeon

Il est partout à la fois ! Il se promène en hordes dans les lieux touristiques. Il habite dans les tours des châteaux forts, roucoule au temps des amours et annonce les éruptions volcaniques. Le pigeon tapisse de fiente les statues des héros à cheval, picore des miettes dans les caniveaux, joue à « pigeon vole » dans les cours de récréation, transporte des messages au-dessus des lignes ennemies, donne son cœur aux meilleurs cerisiers. Il se fait du mouron au stand de tir et se fait plumer dans les casinos. Mais il n'aime pas qu'on le prenne pour ce qu'il est !

Pour certains, c'est aux petits pois qu'il est le meilleur !

29.

La solitude des Noëls

Une guirlande autour de son long cou et cela faisait bien l'affaire ! Le flamant rose fluo avec son boa de papier brillant évoquait davantage l'univers des drag-queens que la naissance du petit Jésus !

Vanille n'avait jamais fait beaucoup d'efforts pour décorer la boutique à l'occasion des fêtes de fin d'année. Le rayon des friandises, en revanche, trahissait plus explicitement la saison : il regorgeait de chocolats en habit rouge et vert, de pères Noël en sucre, de sucettes en forme de têtes de rennes. Et, pour une fois, la musique diffusée dans les enceintes de la chaîne hi-fi de l'épicerie semblait de circonstance : des nocturnes de Mozart, des chorales d'enfants ou des *soli* de divas.

Décembre était une période prospère pour l'épicerie. Vanille préparait de grands plateaux garnis des treize desserts de Provence : fruits secs, mandarines, nougats, pâtes de fruits, biscuits à l'anis, navettes à la fleur d'oranger, pompes à huile et autres délices de la région. Totor s'occupait des commandes de fruits exotiques directement auprès de ses connaissances sur l'île de Madagascar : quelques parents de Rosa qu'il n'avait pas eu l'occasion de rencontrer puisque, hormis pour son service militaire, il n'avait jamais quitté le département du Var. Mais ces gens du bout du monde, c'était quand même un peu sa famille ! Alors il les faisait aussi travailler au moment des fêtes. Hyères avait beau être inondée d'un soleil radieux en plein mois de décembre, pour les mangues, les bananes séchées, les litchis et les noix de coco, il fallait quand même se fournir ailleurs.

Du côté du salon de coiffure, dès le début décembre, le carnet de rendez-vous de Sam affichait complet aussi bien pour la veille de Noël que celle du jour de l'an.

Ni Sam, ni Vanille, n'avaient jamais considéré ces fêtes comme une trêve. Ils étaient au front et ne prenaient même pas le temps de bavarder ensemble. En général, l'un comme l'autre se couchaient tôt le soir du 24, épuisés de leur journée et des semaines précédentes. Le 25 au matin, Vanille était dans sa boutique dès sept heures, car « il manque toujours un petit quelque chose à la dernière minute » et chez Vanille on savait que c'était ouvert à Noël comme à Pâques. D'ailleurs, personne ne s'inquiétait jamais de sa solitude. Elle était là et c'était drôlement pratique ! La relève de monsieur Camilleri était bien assurée, c'est tout ce qui comptait. Elle fermait seulement l'après-midi puisque sur la digestion de la dinde et des marrons, plus personne n'avait besoin d'elle. C'est vers une heure de l'après-midi qu'elle montait enfin dans son appartement où elle se préparait un vin chaud et des biscuits à la cannelle comme ceux qu'elle mangeait petite fille, en Belgique, puis elle s'étendait avec un plaid sur son canapé et se remémorait les Noëls de son enfance et inventait tous ceux qu'elle n'avait jamais passés avec Pierrot...

Rosa et Totor l'invitaient chaque année à venir partager leur table avec tous leurs cousins. Mais elle n'y tenait pas, elle se serait sentie étrangère. Noël est une fête de famille.

Partir retrouver son père en Belgique ou ailleurs n'était pas envisageable, il aurait fallu partir plusieurs jours et abandonner sa clientèle au moment où elle se sentait la plus utile.

Sa mère avait rejoint la tombe d'Hortense depuis quelques années. Elles ne s'étaient plus jamais reparlé. Son père n'insistait pas pour des retrouvailles, ils ne s'exprimaient même plus dans la même langue. Les coups de fil se faisaient rares, puisque peu de mots survivaient entre eux. Hortense lui manquait sans doute toujours plus qu'elle.

Ses parents avaient considéré Vanille comme une ingrate. La première de ses injustices à leur égard était le reniement de son prénom. Sa mère avait choisi « Vanina », persuadée qu'il s'agissait d'un cadeau d'Hortense. Un cadeau, ça ne se refuse pas, ou bien c'est un affront. Elle avait préféré se retrouver affublée de ce nom qui n'en était pas un, un nom commun, une boutade. La boutade d'un garnement qui avait fini par lui voler sa fille après lui avoir volé son nom. Un voleur, voilà ce qu'il était. Il n'avait pas fait deux ans de prison pour rien !

« On aurait dû se méfier ! On a laissé rentrer le loup dans la bergerie ! » répétait-elle à Wilhem qui haussait les épaules, fataliste.

D'après Constance, ce sobriquet était absurde.

« Il ne te ressemble pas ! La vanille, c'est une mince tige noire, tu as toujours été un peu trop ronde, ma chérie, ce n'est pas d'aujourd'hui ! Et tu es blanche comme un cachet d'aspirine. »

Elle en profitait pour rappeler qu'Hortense n'avait jamais attrapé de coups de soleil, elle !

« Elle était plus prudente et avait sûrement une bien meilleure qualité de peau… »

Constance en oubliait que le soleil d'Hyères brûlait plus fort que celui d'Ostende.

« Vanina, c'est le nom d'une chanson, il était fait pour toi ! Avec ta voix… Tu aurais pu devenir quelqu'un ! Mais non, tu as préféré n'en faire qu'à ta tête. »

Puisqu'elle avait choisi d'abandonner son nom de baptême, ses études et sa famille pour suivre Pierrot, elle n'était plus tout à fait leur fille… Seule Hortense ne les trahirait jamais.

Vanina avait disparu emportant tout espoir de consolation pour ses parents.

D'après eux, Vanille survivait médiocrement, sous un soleil trop ardent pour sa peau, entre les murs étroits de son épicerie. Cette vie n'avait servi à rien.

« Quel gâchis ! » soupirait Constance.

Maintenant qu'elle s'était tue définitivement, tous ces mots maintes fois prononcés par sa mère résonnaient plus fort dans la tête de Vanille les soirs de réveillon. Comme de petits coups d'épée, ils perçaient sa carapace plus fragile quand le monde était en liesse et qu'elle se redécouvrait seule au monde. À Noël, c'était comme si la lumière des uns creusait l'ombre des autres. Alors, elle se raccrochait à la seule bouée possible dans son océan de solitude : ses souvenirs heureux.

Vanille fermait les yeux et se retrouvait petite fille, devant le sapin. Les pieds nus, sous sa longue chemise de nuit, elle contemplait émerveillée ce que le père Noël avait déposé pour elle. Elle avait tant espéré ce tourne-disque, ce chevalet, cette maison de poupée... Il avait suffi de les désirer très fort et la magie de Noël avait opéré ! Malgré ses paupières encore toutes bouffies de sommeil, le bonheur se faufilait de ses yeux à son cœur. La veille, elle chantait avec ferveur les mots de Tino Rossi, mains jointes en prière devant le sapin scintillant. Avec un peu de chance, de son monde aérien, Hortense glisserait deux mots de sa part au père Noël. Vanille luttait de toutes ses forces contre la nuit. Si elle restait vigilante, elle pourrait peut-être le surprendre, entendre le claquement de ses bottes sur le parquet du salon, ne serait-ce que le grincement d'une porte refermée, le tintement d'une clochette... Le cou tendu hors du lit jusqu'à la crampe, elle scrutait chaque bruit. Les nuits de Noël avaient la clameur étouffée des longues insomnies jusqu'à ce que le néant l'emporte. Et, au matin, déçue d'avoir été vaincue, elle s'arrachait à ses draps et courait jusqu'au sapin, le cœur battant, rempli d'effroi : et s'il n'était pas venu ? Elle n'avait rien entendu ! Pourtant, immanquablement, Vanille était exaucée. Ses cris triomphants alertaient ses parents qui accouraient depuis leur chambre. Elle les prenait à témoin : « Regarde, maman ! Cette poupée, ce livre, cette boîte de peinture ! Papa, j'ai eu un spirographe, un globe terrestre qui s'allume ! » Elle sautait de joie, déballait les paquets à toute allure.

Constance et Wilhem souriaient tristement. Malgré cette avalanche de cadeaux, il manquait une enfant à leur joie. Ils ne fêtaient plus Noël autrement qu'enfermés dans la prière et les regrets, offrant à la survivante des présents pour deux.

Vanille avait passé les dix dernières années à imaginer ce qu'aurait pu être un Noël avec Pierrot.

Quand il était enfant, les Noëls avaient lieu à Marseille chez ses grands-parents paternels. À son retour, il racontait à Vanille, le petit lit de camp de l'armée que l'on disposait pour lui dans le couloir qui longeait la chambre de ses parents, les disputes qui lui parvenaient depuis la maigre cloison. Même en collant très fort son traversin autour de sa tête, il entendait son père crier, sa mère pleurer, les reproches et les coups parfois, souvent... À cette période de l'année, Mirella ne travaillait pas, mais ces instants d'intimité étaient plus cruels que les absences. Pierrot craignait pour elle. Il avait envie de lui dire de ne pas répondre, de se protéger, qu'un jour tout cela finirait mal. Il valait mieux qu'elle parte parce qu'il se sentait encore trop petit pour la protéger ! Lui, il se débrouillait comme il pouvait pour se faufiler entre les éclairs, sous le tonnerre, petit soldat vaillant au milieu de la mitraille. L'idée que toute cette rage fût un peu sa faute le terrorisait. Il entendait bien que la plupart des reproches tournaient autour de son existence. Son père accusait Mirella d'être une mauvaise mère, une traînée. Il vomissait sa colère et sa honte dans des scènes interminables qui continuaient de résonner même à travers les plumes. Pour que tout cela cesse, il se roulait en boule sous la couverture, en se faisant tout petit. Avec un peu de chance, il disparaîtrait. Il promettait d'être sage, en espérant que le père Noël l'entendrait. En se concentrant très fort, le sommeil viendrait enfin et il arriverait peut-être à s'envoler…

Concernant le père Noël, il passait commande auprès de Vanille, c'était plus sûr. À son retour de Marseille, elle lui apporterait le spirographe et le globe terrestre si longtemps convoités qu'elle avait discrètement ajoutés pour lui dans sa lettre.

Bien sûr, à l'aube, quand les disputes se seraient tues, à l'heure du café au lait, dans la cuisine de pépé et mémé, il trouverait la voiture télécommandée et les puzzles qu'il n'avait pas commandés et qui resteraient dans leur carton d'origine au fond d'un placard, pendant des années.

Vanille et Pierrot n'avaient pas été dupes très longtemps, mais ils avaient encore fait semblant d'y croire quelques années. Vanille en avait fait sa seule religion : croire aux mensonges, croire aux absents pour les retenir encore un instant.

30.

Ce que cachent les oursins

Sam, quant à lui, se contentait, le 25 au matin, de rendre du volume à quelques brushings de la veille un peu froissés par le mistral à la sortie de la messe de minuit. Il fermait boutique vers onze heures et partait au Castellet chez Lili et Paul, de lointains cousins âgés : ce qui lui restait de famille.

Il avait bien proposé à Vanille, plusieurs années d'affilée, de venir avec lui :

« Tu verras ce qu'est un vrai Noël provençal, Lili est bonne cuisinière et Paul est un grand musicien, violoniste, accordéoniste et pianiste, tu pourrais chanter ! »

Mais Vanille avait toujours décliné.

« Tu sais bien que Noël, c'est en famille ! Moi, je reste avec Pierrot », disait-elle avec un clin d'œil en forme d'excuse, comme si c'était une boutade.

Pourtant, cette année, tout devait être différent puisque Vanille avait enfin accepté de laisser partir Pierrot et qu'une enfant faisait désormais partie de la fête.

Évidemment, Sam y avait pensé, mais c'est Violette qui en parla la première :

« Vanille sera avec nous pour Noël, n'est-ce pas ?

— Oui, bien sûr ! Enfin, pourquoi pas ? Si elle le veut bien…

— Tu crois qu'elle pourrait refuser ?

— Nous le lui demanderons, tout à l'heure. »

Et, pour la première fois, Vanille accepta.

Sur la vitrine de l'épicerie, elle avait installé une affiche en forme d'avis à la population : « Merci de ne rien oublier dans vos paniers à provisions, car le service dépannage du 25 décembre ne sera pas assuré cette année. » Et Violette avait ajouté au crayon (le petit bout de crayon qui restait de monsieur Camilleri) : « On va à la pêche aux ursins ! » Elle avait omis le *o* à oursins car l'orthographe en français restait un vrai casse-tête pour elle.

Pour les oursins, c'est Violette qui avait réclamé. Quand son père lui avait demandé : « Qu'est-ce qui te ferait plaisir pour Noël ? »

Elle avait répondu : « Qu'on invite Vanille et qu'on mange des oursins ! »

Puis elle avait chuchoté autre chose à l'oreille de son père.

Sam s'était étonné : « Des oursins ? »

Quand tout est nouveau et différent, quand la vie entière a changé de visage, les souvenirs, les petits rituels d'autrefois sont autant de clins d'œil rassurants, de sourires complices. Et, pour Violette, Noël avait la saveur tendre et iodée de la chair des oursins sur une tranche croustillante de pain beurré. À Cefalù, Mirella découpait les grosses bogues piquantes dans l'évier. Violette, debout sur un tabouret, attendait en trépignant que les mains habiles de Mirella, enroulées dans un torchon, lui dévoilent le secret caché sous les épines noires. Lorsque la Nonna présentait enfin son trophée aux yeux pétillants de Violette, perchée aux premières loges, une étoile pourpre et charnue resplendissait comme un rubis au fond de son écrin. Violette imaginait qu'il s'agissait d'étoiles naufragées, tombées du ciel jusqu'au fond de la mer. C'est Salvatore, le fils du poissonnier qui plongeait pour les repêcher dans les criques non loin des îles éoliennes. Il avait ses coins secrets qu'il ne révélait jamais. Il ressortait de l'eau, masque et tuba sur le front, pieds palmés, les bras chargés de nasses remplies d'oursins. Et dans la cuisine Mirella, avec ses ciseaux, savait les libérer et en faire un festin.

Voilà ce que souhaitait Violette pour ce premier Noël sans Mirella : retrouver les mêmes étoiles, la même joie, le même émerveillement sur cet autre rivage de la Méditerranée.

« Je connais un coin ! » s'était écrié Vanille.

C'était le coin de Pierrot. Une petite crique cachée sous une falaise au pied du mont Salva, presque inaccessible. Ils y étaient descendus ensemble toutes les fois où Vanille avait réussi à arracher quelques heures de liberté à la vigilance de sa mère. Quand la chaleur du mois d'août imposait à Constance de longues heures d'inertie à l'ombre de sa chambre, lorsqu'elle était lasse et absente à la vie, elle disait oui. Vanille avait seize ans, dix-sept ans… Il fallait bien que jeunesse se passe.

« Je serai prudente, je te le promets ! »

Mais à peine sa main était-elle dans celle de Pierrot qu'elle faisait tout le contraire ! Sa poitrine, où battait un cœur affolé, se serrait contre le dos de son chevalier fou, tête nue. Il lui cédait son casque et fonçait, chevelure au vent, les deux poings serrés sur le guidon de sa mobylette. Ivres d'air, de liberté et d'amour, ils roulaient comme on vole, propulsés vers quelques heures de bonheur. La vie avait une saveur intense, un parfum fait d'un mélange d'essence et de résine des pins, la terre poudreuse et les herbes sèches. Le paysage défilait sans forme, comme une palette où ne subsistaient plus que quelques couleurs crues : du bleu, du blanc, de l'ocre et quelques vestiges de vert.

La presqu'île de Giens aurait pu leur offrir un décor tout aussi sauvage et plaisant. Mais, d'après Pierrot, il fallait aller plus loin, fuir, oser, braver quelques dangers, surmonter quelques épreuves pour que l'instant vécu soit digne de leur amour. Alors il embarquait Vanille vers un endroit connu de lui seul, disait-il, une terre qui ne se laissait conquérir qu'au prix de grands efforts.

Après avoir cadenassé la roue arrière à la clôture d'une maison isolée sur le chemin de terre, le vertige s'offrait à eux. Depuis le rebord pierreux de la falaise, Pierrot désignait une toute petite plage en contrebas : « C'est là ! »

De grands pins parasols torturés par les vents étiraient leurs branches vers le large. Ces longs bras décharnés en supplique semblaient vouloir réunir la terre, la mer et le ciel. Vanille et Pierrot crapahutaient sur les flancs éboulés de la crique, vacillant dans un équilibre fragile entre trois mondes. Ils s'agrippaient aux racines dénudées des arbres encore attachés au sol, mais déjà happés par le chant des vagues. Ils s'arrachaient les mains dans les buissons griffus, dégringolaient dans des cascades de cailloux. Leurs chevilles agiles meurtries dans les éboulis, les fesses talées contre la rocaille, ils bondissaient comme des chamois, s'aidant l'un l'autre dans cette course folle.

Une fois la plage conquise, comme un nouveau continent, ils jetaient au sol le petit sac à dos de Vanille, contenant une unique serviette de bain pour deux et ils savouraient leur triomphe à coups de baisers sur la bouche et de caresses interminables. Ils étaient seuls au monde. La crique était trop isolée pour que quelqu'un les aperçoive ou que l'on puisse les sauver si un danger se présentait. C'est pourquoi personne ne sut jamais que c'est sur cette plage que Pierrot et Vanille firent l'amour pour la première fois.

Ils y étaient retournés ensemble des dizaines de fois, à mobylette, plusieurs étés d'affilée, puis à deux ou trois reprises quelques années plus tard, en voiture, à l'automne, avec des amis, pour pêcher des oursins dans la minuscule baie. Le temps où il fallait se cacher pour s'aimer était révolu et Pierrot n'était pas aussi romantique que Vanille pour vouloir laisser cet endroit inviolé. Désormais, quantité de gens du coin connaissaient la crique cachée, et même quelques touristes hollandais. Certains y venaient en bateau, d'autres empruntaient le sentier chaotique depuis la falaise, celui qu'avaient tracé Pierrot et Violette, en pionniers. À force d'être foulé, de passage il s'était fait chemin.

Ensuite, Vanille avait fait le voyage des milliers de fois, en rêve. Mais depuis que Pierrot ne sortait plus de l'épicerie, qu'il n'avait plus de corps, plus de mains pour la protéger du chemin, elle n'était plus venue dans ce petit paradis.

Il était temps pour elle d'offrir ce paysage en héritage à celle à qui il revenait de droit : Violette. Vanille serait la messagère de ce cadeau d'un père inconnu à sa fille secrète. Vanille imaginait qu'il restait forcément une part de bonheur, dans tous ces endroits où un jour, ne fût-ce qu'un instant, quelqu'un avait été heureux. Le moment était venu d'aller le cueillir.

Pendant que Sam faisait l'inventaire de ce qu'il faudrait emporter pour pêcher les oursins, Vanille glissa à voix basse à Violette :

« Et, maintenant que tu sais nager, nous irons les pêcher nous-mêmes ! »

Sam avait exhumé, de la cave et du grenier, deux vieilles combinaisons de plongée, des masques au caoutchouc raidi par le temps, une ceinture de plomb où logeait depuis plusieurs années toute une famille d'araignées. Il épousseta le matériel et acheta ce qui manquait. Dans des seaux en plastique, Vanille fourra les fourchettes qui serviraient à déloger les oursins de leurs forteresses de rochers.

Le soir du réveillon, ensemble, ils chargèrent le coffre de la Peugeot de Sam comme une hotte de père Noël juste avant sa tournée. Violette courait dans les escaliers, de l'appartement à la boutique, et faisait d'innombrables allers-retours jusqu'à la voiture pour vérifier que rien ne soit oublié.

Vanille la couvait du regard. Son excitation était contagieuse. Elle sentait battre son cœur d'une ardeur nouvelle.

Planche XII

Le pinson

Mais pourquoi le pinson est-il si gai ?

Il s'est fait doubler par le rossignol au concours du meilleur chanteur.

Le perroquet se moque de lui, car il ne sait pas parler.

L'aigle royal a une plus grande envergure, l'ibis rouge un bien plus beau plumage.

L'autruche ne lève même pas la tête pour le regarder.

La chouette le trouve chouette, sans plus…

Martin dit qu'il ne sait pas pêcher.

La linotte oublie sans cesse de le rappeler.

Le corbeau lui envoie des lettres anonymes.
S'il avait un trésor, la pie l'aurait déjà volé !
Pourtant il continue de chanter...
Mais quel est son secret ?

31.

Pêche miraculeuse

Avant même que le réveil ne sonne, Violette s'était déjà préparée. C'était le grand jour ! Celui des oursins. Elle avait enfilé son maillot de bain et un t-shirt thermique choisi avec Vanille, pour affronter le froid. Elle envisageait comme une aventure cette plongée dans les eaux glaciales de décembre. Violette était courageuse et convaincue qu'elle saurait braver le froid. Elle avait tellement hâte de réaliser cet exploit et surtout de montrer à son père qu'elle savait si bien nager, grâce à Vanille !

Le jour pointait à peine quand Sam gara la voiture au bord du sentier qui menait à la falaise au-dessus de la crique. Seuls les ciels d'hiver versent ce jus brûlant d'orange sanguine sur l'horizon, en repoussant les ténèbres dès les premières lueurs.

Sam, Vanille et Violette se tenaient face au spectacle de ce jour nouveau, le 25 décembre, promesse d'une naissance. Ils étaient tous les trois, seuls au monde, comme au premier matin de l'humanité. L'aube offrait un écrin de couleurs chaudes dans lequel semblait vouloir éclore une Vénus sortant des eaux.

Vanille s'élança la première vers le théâtre de son premier amour. Elle ouvrit le chemin en forçant les buissons fous qui envahissaient l'étroit ruban de terre rouge. Il se déroulait en bondissant vers la petite plage.

Une fois rendus à la lisière des vagues, ils semèrent à la volée sacs, vêtements et chaussures, puis, comme font les grands oiseaux de mer, ils quittèrent la terre en s'élançant vers la mer depuis quelques promontoires rocheux.

Fourchette dans la main, pieds nus enfouis dans les algues, Violette hurlait sa joie en italien : « *Evviva ! Evviva !* »

L'eau salée lui brûlait la bouche. Grelottante, lèvres bleues, elle retournait dans les vagues après chacun de ses triomphes, en remplissant méthodiquement une grande épuisette de bogues noires qu'elle arrachait à leur gangue de pierre. Il y en avait à profusion !

À travers son masque, Violette écarquillait des yeux pleins de surprise dans les eaux limpides. Là, un petit banc de poissons en fuite, ici une étoile de mer, là encore, sous un rocher, la tête d'une murène offusquée d'être dérangée. Des plantes folles dansaient au rythme de la paisible respiration de la Méditerranée, qui, sous la surface impétueuse, semblait plus sereine, à peine ondulante. Violette s'immobilisait pour écouter le silence des profondeurs vibrant de mystères.

Vanille la suivait à distance raisonnable, suffisamment loin pour que Violette goûte à cette liberté gagnée dans l'espace mouvant, mais assez près pour qu'aucun danger ne la menace jamais.

Elles s'émerveillèrent ensemble quand Vanille désigna du doigt un gros poulpe nonchalant qui nageait mollement dans un rayon de lumière.

Quand leurs épuisettes furent remplies, les filles se réfugièrent sur la plage, offrant au soleil froid leur corps tout piqué de frissons.

Vanille frotta énergiquement Violette avec une serviette de toilette et la prit dans ses bras pour apaiser ses tremblements et ses claquements de dents, comme elle faisait autrefois avec Pierrot. Violette avait la même veine saillante sur la tempe où palpitait sa vie.

Au loin, dans les vagues, Sam n'était qu'un petit bout de tuba rouge qui dansait avec la surface. À intervalles réguliers, il crachait des geysers comme font les baleines. Lorsqu'il sortit des flots, sourire malicieux aux lèvres, il vint s'ébrouer contre elles en enlevant sa combinaison de plongée. Vanille et Violette se mirent à crier et à rire en courant de tous côtés. Un petit jeu de fausses bagarres les fit s'ébattre quelques instants.

Puis, sans y penser vraiment, sans rien préméditer, Sam serra Vanille contre lui. Peau à peau, pour la première fois. Une drôle d'émotion les saisit tous les deux. La sensation glissa de leur corps à leur cœur comme une rivière enfouie qui retrouve son lit.

Une étoile se mit à briller dans le regard de Violette. Sa mémoire avait photographié l'instant et elle garderait ce cliché comme une des plus jolies images de son enfance.

Un bleu tendre et lumineux avait désormais totalement vaincu la nuit. Il était temps de prendre la route pour le village du Castellet. Il ne fallait pas faire attendre Paul et Lili.

« Midi », avait précisé Lili au téléphone. Elle avait conclu ainsi : « On se réjouit ! »

32.

Noël provençal

Paul collectionnait les voitures anciennes. Le terrain vague en contrebas de la maison ressemblait à une casse auto, où s'entassaient les carcasses qu'il dépiautait pour récupérer les pièces et travailler à son trésor : la restauration d'une ancienne Ford Mustang. Il affirmait qu'elle avait tourné dans un film célèbre, un film d'amour. C'était sa star, son œuvre à laquelle il avait consacré des années de labeur pour lui rendre sa jeunesse. Paul la bichonnait pendant des après-midi entiers. Depuis quelques jours, elle était enfin prête, il écoutait tourner le moteur, comme s'il s'agissait d'un instrument de musique. Au milieu du garage, à la propreté et au rangement digne d'une pharmacie, elle ronronnait harmonieusement sous ses délicats coups de pédale. C'est aujourd'hui qu'il la ferait rouler sur une route pour la première fois depuis sa renaissance.

Sam, Violette et Vanille arrivèrent vers une heure de l'après-midi, la peau raidie par le froid et le sel, les cheveux encore mouillés, emmitouflés sous des bonnets de laine.

La cuisine sentait le civet de sanglier aux cèpes. La table était mise pour cinq. Sur la nappe blanche, Lili avait déposé des petits bouquets de lavande. Un sapin décoré clignotait dans une alcôve et une grande crèche aux santons de Provence occupait une table entière sous une petite fenêtre aux carreaux de couleurs. Lili essuya ses mains dans son tablier et une larme sur ses joues ridées. Elle avait du mal à cacher son émotion, mais il fallait accueillir le retour de la petite avec des rires, c'était un tel miracle ! Un miracle de Noël, pensa Lili. Elle courut, chaussons aux pieds, jusqu'à la voiture de ses invités.

« Boudiou, comme elle a grandi, la pitchounette ! »

Elle la serra contre elle et la mangea de baisers.

Paul sortit du garage, comme un ermite de sa grotte :

« Oh, par exemple ! Quand ils sont petits, on les imagine grands et, quand ils sont grands, on les voudrait encore petits ! »

Sam le serra dans ses bras et fit les présentations.

« Voici Vanille, ma voisine.

— Ben pardi ! On sait bien qui c'est, Vanille ! Depuis le temps qu'on en entend parler ! On est vieux, mais pas gâteux ! On lui dit chaque année, à Sam : "Viens donc avec Vanille. Peuchère ! Elle ne peut quand même pas rester toute seule à Noël !" »

Et voilà, en un instant, Vanille faisait partie de la famille. Pourquoi avait-elle attendu dix ans ?

Elle s'excusa d'avoir repoussé depuis si longtemps leur gentille invitation. Sans rancune, Lili l'embrassa avec la tendresse d'une grand-mère. Sa peau sentait bon le mimosa.

« Mais vous êtes tout trempés ! Venez donc vous mettre au chaud ! »

Elle les précéda à tout petits pas rapides vers l'entrée de la cuisine où la table était garnie avec des airs de fête. Vanille pénétra dans cette unique pièce du rez-de-chaussée qui servait de cuisine, de salon et de salle à manger. À l'étage, il y avait une chambre et une minuscule salle pour les commodités. Il ne s'agissait pas à proprement parler d'une maison, puisque Paul et Lili n'y vivaient pas toute l'année. D'ailleurs, on l'appelait « le cabanon ». Pendant longtemps il n'y eut ni eau courante ni électricité. C'était l'abri du labeur et de la misère pour d'anciennes générations qui vécurent chichement de ce que voulait bien offrir la terre à condition que les hommes y sacrifient leurs reins et leurs mains, sous des soleils brûlants ou des pluies de déluge. Paul et Lili connurent cette vie-là, enfants. Maintenant on ne montait plus au cabanon que pour les dimanches de fête et les étés de retraite. On y jouait aux boules ou l'on tapait le carton. Les longues siestes, où l'on restait des heures, couchés sous les oliviers, dans le chant des cigales, avaient l'odeur du thym. Paul bricolait des bagnoles.

Un vrai Noël provençal se devait d'être célébré au cabanon, comme autrefois avec la troupe des ancêtres, pas loin, au cimetière du village.

Un poêle à bois réchauffait l'atmosphère et la bonne odeur des sarments brûlés se mélangeait aux parfums de cuisson. Autrefois, le cabanon était cerné de vignes. Il n'en restait que quelques rangées, la garrigue avait mangé tout le reste depuis bien longtemps. Paul y grappillait ce qui suffisait à la table de fin août à mi-septembre ainsi qu'à la fabrication de quelques bouteilles d'un vin « maison » qui n'était pas si mauvais, si l'on s'accommodait du fait qu'il pique un peu la langue. Et, pour Noël, il bourrait le poêle de vieux sarments bien secs qui offraient autant de réconfort par la douce chaleur qu'ils produisaient que par la mélodie du crépitement qui les consumait.

Pour Vanille, c'était comme un retour à la vie. Même si dehors le froid de décembre étouffait encore un peu les parfums de la nature, cette journée était une renaissance.

Elle se sentait heureuse et présente au monde. Cette sensation vivante, elle ne l'avait plus éprouvée depuis si longtemps ! Elle pénétra dans la cuisine du cabanon, les deux mains tendues vers Lili pour lui offrir le grand plateau garni des treize desserts qu'elle avait confectionné pour ce premier Noël, le premier d'une nouvelle vie. Tout semblait enfin plus intense, plus lumineux. Elle était une des leurs, aussi provençale qu'elle le pouvait avec ses yeux bleus transparents qui recommençaient à s'émerveiller de tout.

« Oh pétard, que c'est beau ! » s'extasia Lili qui en était peut-être à son millième dessert de Noël. (Violette avait fait le calcul !)

L'adolescente insista pour découper elle-même les oursins. Elle savait comment faire, et puis les oursins, c'était son idée ! Elle se sentait grande et fière. C'était son tour d'installer une tradition :

« On fera ça tous les ans ! Vous voulez bien ? »

Et comment ! Sam se projetait enfin dans un avenir commun. Il ne vivrait plus dans l'attente de jours meilleurs. Ils étaient là les jours meilleurs, dans cette cuisine de cabanon qui sentait si bon ! Maintenant, Violette ne partirait plus. Il en avait fini avec la solitude et les espoirs déçus. Tout avait meilleur goût. Il raclait la chair savoureuse des oursins avec un morceau de pain.

Il avait le sourire béat de ceux qui ont gagné quelque chose qu'ils ne croyaient pas mériter.

Vanille était gaie, elle parlait, riait, mangeait, rayonnait. Sa présence envahissait tout l'espace comme une mélodie bienfaisante. Sam ne voyait plus qu'elle. Pourtant leurs yeux ne se croisaient jamais.

Depuis leur étreinte sur la plage, leurs regards se fuyaient. Ils laissaient place à des sourires gênés qui semblaient porter une intention nouvelle.

Assis à table, juste en face d'elle, Sam se retrouvait adolescent. Il redécouvrait Vanille, autrement. Elle était éblouissante, avec ses cheveux courts, ses pommettes et son nez rougis par la morsure du froid de leur baignade hors saison, son regard si limpide qu'on y voyait toute son âme. Sa voix tintait comme la porcelaine. Ce n'était plus l'épicière d'à côté, ce n'était plus l'amie originale et résignée qui vit dans le passé, ce n'était plus la femme de Pierrot.

Il était temps d'oser quelque chose.

33.

Chabadabada

Le cadeau de Noël de Paul, c'était une promenade en Ford Mustang, la prunelle de ses yeux.

« Pas la peine de te recommander d'être prudent ! » dit-il à Sam en lui tendant la clé.

Comme c'était un cabriolet, et qu'il était impossible d'y monter tous en même temps, Violette dit qu'elle attendrait son tour. Elle déballait ses cadeaux sous le sapin et bavardait avec Lili qui finissait d'essuyer sa vaisselle.

« Il me semblait que la Ford du film était blanche avec une inscription, un chiffre sur le côté », nota Vanille en direction de Paul.

Sa remarque sonnait comme une suspicion et, Paul, un peu vexé, expliqua aussitôt que dans le film de Claude Lelouch *Un homme et une femme*, Palme d'or au Festival de Cannes (il disait ça comme si c'était sa voiture qui avait gagné la palme !), il y avait deux Ford Mustang, la 4 places du rallye de Monaco siglée du célèbre « 184 » sur la portière, et ce cabriolet rouge qui servait aux balades des amoureux. Il cligna de l'œil avec une pointe d'ironie dans la voix. Il était fier de son bolide et convaincu qu'il visait juste en parlant d'amour.

Vanille prit place à côté de Sam dans la vieille voiture qui sentait le neuf tant Paul avait ciré les cuirs et astiqué les chromes.

Ils roulèrent longtemps, en silence, vers le coucher du soleil en écoutant la musique du moteur, en regardant défiler le paysage. Il y avait cette odeur d'essence qui rappelait à Vanille ses escapades à mobylette au temps de leur adolescence, avec Pierrot.

Simplement rouler droit devant et tout oublier…

C'est Sam qui parla le premier.

« Vanille, tu accepterais de venir à Venise avec Violette et moi en février ?

— Tu ne disais pas que pour aller à Venise, il fallait être amoureux ?

— Je n'ai pas changé d'avis.

34.

VENISE

Mais qui pourrait avoir l'idée de fermer les yeux en posant le pied sur le quai de la gare de Santa Lucia ?

Vanille !

Au moment où les hordes de touristes se précipitaient dans Venise, avides de beauté, regards écarquillés, Vanille avait clos ses paupières et se laissait guider.

Elle avait bien fermé les yeux quand Sam l'avait embrassée pour la première fois dans le cabriolet sous les oliviers !

Un sac sur le dos, sa main droite dans celle de Sam, elle entrait dans la ville par ses coulisses ferroviaires et refusait d'ouvrir les yeux tant qu'elle ne serait pas au milieu du tableau. C'est ainsi qu'avant d'en découvrir le visage elle entendit la voix de la ville. Et que disait-elle ? Un brouhaha de langues étrangères et le roulis des valises, des cris de mouettes, le vrombissement d'un moteur, dans une odeur de gasoil, de vase et de grand large. Violette, impatiente que l'aventure commence, s'écria :

« Ça y est, Vanille, tu peux ouvrir les yeux ! »

Des siècles de splendeur, les pieds dans l'eau, et cette lumière, au-dessus de leur tête ! Un avant-goût du paradis, vibrant et grouillant de vie.

Au moment où une gondole passait, Violette s'exclama en désignant du doigt le rameur sous son canotier :

« Regarde, Vanille ! Regarde, il est là ! C'est le paradis des épiciers ! Regarde, c'est monsieur Camilleri !

— Chut ! Nous devons garder son secret... » répondit Vanille en déposant un baiser sur la joue.

Sam avait réservé une petite pension de famille dans le quartier de Cannaregio à l'écart du tumulte. C'est là qu'ils firent leur nid, le temps du carnaval.

Le premier soir, Sam, avec un sourire de vainqueur, sortit de la poche de son blouson de cuir, à la façon d'un Belmondo sûr de son effet, trois billets de spectacle :

« Toc toc, badaboum ! *La Traviata* à la Fenice pour ces demoiselles ! »

Elles se jetèrent toutes les deux dans ses bras grands ouverts.

« Il ne te manque que le cigare ! » nota Vanille.

Il ajouta :

« Et l'hélicoptère ! »

Et tous les trois se sentirent heureux, un peu comme au cinéma.

Vanille, Sam et Violette divaguèrent dans les ruelles sombres et désertes et l'instant d'après, débouchant dans une artère fléchée « San Marco », ils s'agglutinèrent au troupeau des carnavaliers.

Derrière les masques, sous les grandes capelines, on ne savait plus qui était qui.

Violette, elle, savait parfaitement qui étaient ces deux êtres cachés sous leur costume de bonté qui veillaient sur elle. Comme il n'était pas question de les perdre, elle avait vissé ses deux mains à celles de ses uniques parents : le mari de sa mère et la femme de son père.

Sa manie d'écouter aux portes...

Épilogue

À nous trois, nous avons formé une famille heureuse et peu importe ce qui est inscrit sur nos papiers ou dans nos gènes ! Tous nos absents ont joué un rôle dans notre histoire. Ils ont été des passeurs de vie : Pierrot a cédé sa place à Sam, un père, présent, aimant et capable de vous faire la plus belle coupe de cheveux comme les pires spaghettis du monde.

Hortense nous a offert Vanille en lui indiquant le chemin des flamants roses.

Lorsque Mirella a baissé les armes, Pétula m'a rendue à ma vraie famille, à mon vrai pays.

Je vis toujours à Hyères dans le parfum des fleurs d'oranger, des citronniers et les cascades de jasmin, sous les toits de tuiles rondes, dans la palette ocre de ses vieux murs dévorés par le soleil et les bougainvilliers, à l'ombre des ruelles médiévales aux parfums d'olive et de savon de Marseille, aux pieds des immenses palmiers. Une carte postale du paradis ! J'y ai trouvé l'amour sur les bancs du lycée, j'y ai trouvé ma place comme commerçante du quartier.

Parfois, lorsque le mistral s'emballe, je quitte le centre pour prendre de la hauteur. J'enfile ma combinaison et je hisse ma voile. Je vole dans le même ciel que les oiseaux des marais salants de la presqu'île de Giens, dans la lumière rose des soleils couchants, au-dessus des vagues en furie. C'est Vanille qui m'a convaincue qu'un jour il me pousserait des ailes. Elle avait raison. Et, parce qu'elle savait qu'il ne faut pas seulement compter sur le ciel, elle m'a offert tous mes stages d'été à l'école de kite-surf où je suis ensuite devenue monitrice pendant de nombreuses années. À mon tour, j'ai enseigné aux enfants à voler. J'ai fini par réaliser le rêve de Pierrot ! Sans bosse ni fracture.

Vanille m'a appris à voir la beauté dans les choses les plus simples. Elle savait parler aux ombres, enchanter le monde et créer de la lumière. La vie m'avait laissée orpheline. Vanille m'a guérie de mes chagrins en m'offrant le plus précieux des héritages : ses souvenirs, sa fantaisie, ses rêves et ses espoirs. J'ai puisé dans sa vie comme dans une grande bibliothèque. Je sais qu'elle a gâché un temps précieux à ne regarder qu'en arrière. Elle disait que Pierrot lui avait fait perdre le nord. Mais elle y avait gagné le sud ! La vie fait parfois des détours ; pourtant, ensemble nous avons trouvé notre direction.

Elle et Papa m'ont bâti un nid au creux duquel a grandi notre amour qui nous a unis pour toujours. Lorsque Vanille chantait, c'était comme si le ciel tout entier était habité de sa voix. Grâce à elle, je ne me suis plus jamais sentie seule. Elle m'a appris à nager, à écrire sans fautes, à lire des romans, à pêcher des oursins, à chanter des chansons, à écouter, à attendre, à aimer la musique… à vivre. Vanille croyait en l'amour, celui qui ne s'éteint jamais, qui endure tout, celui qui patiente, tapi au fond du cœur pendant de longs hivers, et qui renaît, se renouvelle, se multiplie et se répand de plus belle à l'occasion d'un nouveau printemps. Elle m'appelait « mon hirondelle », me gavait de bonbons, caressait mes cheveux, me disait que j'étais belle. Belle comme ma mère, avec les yeux de Mirella. Et jamais ni elle ni Sam ne m'ont appris la rancœur, la colère, la vengeance ou la haine. Pétula, je ne la connais pas. Je ne lui en veux pas, puisque ma vie fut un cadeau. Je la remercie pour ce qu'elle m'a donné : Sam et Vanille.

Bien sûr, Vanille a pleuré quand Sam est parti rejoindre Pierrot – et c'est bien mieux ainsi. Les larmes aident nos disparus à nous laisser en paix. Mais nous avons continué à lui parler en douce, à lui envoyer des chansons en guise de mots doux. Nous avons ri aussi en imaginant qu'il était parti dans l'idée de défriser les anges du paradis. On lui a dit de passer le bonjour de notre part au vrai Belmondo, à la Callas, à Hortense, à Pierrot, à Mirella, à Totor et Rosa, à monsieur Camilleri, à Paul et Lili, aux parents de Vanille et tous les autres. Même si nous trouvions que le chemin était trop court, nous l'avons accompagné jusqu'au bout, chacune d'un côté du lit à la clinique de l'Espérance. Et, avant de fermer les yeux, il nous a dit merci à toutes les deux. Il a ajouté qu'il avait été heureux et que c'était une sacrée chance que la vie nous ait fait nous croiser ! Finalement, c'était un peu grâce à Pierrot... Il a ajouté que pour les dix années qui nous avaient manqué et toutes celles que nous aurions pu vivre encore, on se rattraperait là-haut, mais que rien ne pressait. On aurait toute l'éternité.

Après ça, Vanille et moi avons cuisiné des spaghettis et avons continué notre vie sans lui.

Mes enfants ne connaîtront pas leur grand-père Sam, mais grâce aux récits de Vanille j'ai tout consigné dans un cahier. Voilà pourquoi j'en connais un rayon sur l'histoire de cette épicerie ! Il faut savoir laisser partir les gens que l'on aime. Ne pas les retenir. Les suivre, les rejoindre, les attendre ou leur dire « adieu ».

Hier soir, avec le minuscule bout de crayon qui reste encore de monsieur Camilleri, j'ai rédigé un petit mot, pour informer la clientèle, dire où Vanille était partie. Je l'ai collé avec un morceau de scotch sur la vitrine, juste devant son flamant rose.

Mais, ce matin, le vent avait mangé la commission.

Planche XIII

Les oiseaux de paradis

Ne vous y trompez pas ! La nature est pleine de fantaisie et certaines fleurs se prennent pour des oiseaux.

À moins que ce ne soit notre imagination qui nous joue des tours…

Paréidolie !

Table

Remerciements

Merci aux fantômes qui peuplent ma vie, et ce roman aussi...

Je les ai fardés pour les besoins de la fiction bien sûr. Mais la fiction est une somme de vérités. Ou peut-être une soustraction ? Comme Violette, je n'ai jamais été douée en arithmétique...

Merci à Loïc Amilain, ma deuxième chance et mon premier soutien.

Merci à Virginie Fuertes, mon épatante éditrice, qui permet à mes romans d'exister.

Merci Andréa Field et Librinova qui m'accompagnent.

Merci à Florent Oiseau pour sa générosité.

Merci à mon amie Emmanuelle Jeunet-Mancy, ma consultante qui me répond à minuit passé sur l'accord d'un participe.

Merci à ma chère Jacqueline Buisson, la meilleure traqueuse de coquilles, à ma maman et mes fidèles Edmée Pelissier et Virginie D'Agostino pour les relectures.

Merci aux libraires et organisateurs de salons qui défendent mes romans et me permettent de rencontrer les lecteurs. Sans votre soutien et votre accueil tout cela n'existerait pas !

Merci aux chroniqueurs et bookstagrammeuses qui partagent leurs lectures.

Merci à vous chers lecteurs, qui m'écrivez du Canada, d'Australie, de Belgique d'ici et d'ailleurs. Vous m'emportez avec vous, partout à la fois, et vous donnez vie à mes fantômes.

Grâce à vous tous, je continue à écrire, pour mon plus grand bonheur.

DANS LA MÊME COLLECTION

Sur mes épaules, tu bâtiras ton monde
Julien Aime

Les chats ont neuf vies, moi j'en aurai deux
Julien Aime

Je réveillerai les couleurs du bonheur
Julien Aime

Pas d'ombres sans lumière
Dorothée Catoune

C'est auprès d'elle...
Dorothée Catoune

Les Indécis
Alex Daunel

La Vie selon Hope Nicely
Caroline Day

Quelque part au-dessus du ciel
Ludivine Delaune

Quand les hasards sont des rendez-vous
Magali Discours

Toutes les histoires commencent par une petite faim
Magali Discours

Après nos rêves, enfin le jour
Magali Discours

À la reconquête de l'Ouest
Audrey Françaix

Les fausses promesses des cigognes
Marion Grosjean

Comme des éclats de toi
Marie Joudinaud

La vie ne se danse jamais seul
Marie Joudinaud

Je suis venue te dire
Cynthia Kafka

Contre vents et secrets
Cynthia Kafka

Si la vie te donne des citrons, fais-en une tarte meringuée
Charlotte Léman

La délicieuse imposture du chant des sirènes
Charlotte Léman

Qui sème des graines de folie croque la vie
Charlotte Léman

Comment les pingouins ont sauvé Veronica
Hazel Prior

Elle a tes yeux, mon amour
Typhanie Moiny

Oona et le sens de la vie
Margarita Montimore

Ellie et Dan
Hazel Prior

Dans l'obscurité scintillent les fragiles étoiles
Marjolaine Solaro

Motus et cœurs cousus
Léa Volène

Dans mon sang, la grenade
Léa Volène

DE LA MÊME AUTRICE
AUX ÉDITIONS ARCHIPOCHE

Après nos rêves, enfin le jour

C'est l'histoire rocambolesque d'un rendez-vous manqué !

Parfois, le destin s'acharne à mettre des bâtons dans les roues... Mais ce roman est un hymne à l'espoir et à la persévérance. Au milieu d'une galerie de personnages cocasses, un amour têtu se fraye un chemin.

Les cœurs épris se retrouvent-ils forcément un jour ou l'autre ?

« Dévoré avec délice ! Drôle et fin ! Je me suis régalée ! »
Mélissa Da Costa

*« C'est un grand plaisir de lecture,
il y a beaucoup de fantaisie et d'humour. »*
David Foenkinos (France 3)

*« Si vous avez envie d'émotions, de tendresse,
d'amour, ce roman est un bel hommage aux sentiments,
avec l'idée qu'un livre peut parfois jouer
le rôle de Cupidon. »*
Marie-Blanche Cordou (Top FM Provence)

« J'ai adoré retrouver l'humour de Magali Discours,
présent tout au long des pages
Elle sait manier les mots d'une merveilleuse façon
et c'est si agréable à lire ! »
@posetoirtvalire, Instagram

« Drôle, brillant, émouvant, bien mené et intelligent. »
Aurore Rousseau, libraire Leclerc (21)

« Une belle histoire remplie d'amour, de fantaisie, d'humour, de bonheur, de bonne humeur. Ce livre est absolument magique ! »
Sandrine Dantard, FNAC de Grenoble

ISBN 979-1-0392-0501-6 / 8,95 €

Cet ouvrage a été composé
par Atlant'Communication
au Bernard (Vendée)

Impression réalisée par

NORMANDIE ROTO IMPRESSION S.A S.
à Lonrai (Orne)

en avril 2024
pour le compte des Éditions de l'Archipel
département éditorial
de la S.A.S. Écriture-Communication

Pour plus d'information :
#lisez! engagé
www.lisez.com
Imprimé sur du papier issu de forêts gérées durablement.

Imprimé en France
N° d'impression : 2401699
Dépôt légal : mai 2024